長篇偵探小說

天上人間
花魁之死

顧曉軍 著

「笨哥哥，我沒有自殺，我不會自殺……我，是被人……害死的。」花魁欲言又止……突然花魁一聲慘叫「笨哥哥——」，仰身掉進了無底的深淵。

　　不顧一切，笨哥縱身跳下去救；可花魁不見了，笨哥自己卻正向萬丈深淵的最深、最黑暗處急速下墜。

　　這個夢，笨哥已做了無數次，無數無數次……

京城，市局家屬院內，一間寬敞的客廳裡。

　　笨哥又在沙發上睡著了。

　　如今，笨哥老了，坐在沙發上看電視，看看就會睡著。

　　過去，可不是這樣。笨哥當年是市局刑警大隊大隊長，更早時還開過私家偵探所。

　　他的私家偵探所，就叫「笨哥私家偵探工作室」。而「笨哥」這綽號，還是天上人間的花魁給叫出來的。

　　自然，花魁叫的是「笨哥哥」，不知是誰偷聽了去，卻又沒有聽全，就叫成了「笨哥」。

　　笨哥就笨哥。笨鳥先飛，有啥不好？笨哥心裡這麼想，也就默許了。

　　忽然，花魁又出現了。

　　哭紅了眼睛的花魁，倒在笨哥的懷中，不斷地抽泣著。

　　「笨哥哥，我沒有自殺，我不會自殺……我，是被人……害死的。」花魁欲言又止。

　　「花魁，快告訴我，是誰害死了你？我替你破案，給你報仇。」

　　「笨哥哥，我不能告訴你，你鬥不過他……」

　　「鬥不過他，我跟他拼命。」

　　「笨哥哥，我不要你拼命，我愛你，永遠愛你……我要走了，他又追來了。」

　　「你別走，我保護你。」

　　「笨哥哥——」

　　花魁一聲慘叫，仰身掉進了無底的深淵。

　　不顧一切，笨哥縱身跳下去救；可花魁不見了，笨哥自己卻正向萬丈深淵的最深、最黑暗處急速下墜。

　　一著急，笨哥醒了過來。

　　揉揉眼，看看四周，哪有什麼萬丈深淵？又睡在了自家的客廳裡。

　　這個夢，笨哥已做了無數次，無數無數次。

　　「花魁死了。」一位小姐妹道。

　　「真的？」另一位小姐妹問。

　　「當然是真的。誰還會騙你？我如果騙你玩，豈不是詛咒花魁？」

　　「怎麼死的？」

　　「上吊，自縊身亡。」

　　「花魁咋會上吊呢？她怎麼可能上吊？」

　　「就是，花魁絕對不會自殺。」

　　「活得好好的，她為啥要自殺呢？太沒道理了。」

　　閃回。

　　天上人間的業務課，請來的空姐在作禮儀的示範。

　　美麗的花魁，優雅地聽講。

　　形體訓練結束，經理叫小姐們走秀。

　　身著長裙的花魁，像仙女一般，婀娜多姿地走過；在場的人，一片羨慕的目光。

　　閃回。

　　包廂裡，幾位客人邊飲邊聊著幾十個億的項目。

　　嫻靜的花魁，襯托著客人們高漲的興致。

　　大廳裡，KTV點歌機播放著歌曲。

　　花魁應客人之邀，用甜美而圓潤的嗓音，與富豪們你一句我一句地接龍、飆著歌。

閃回。

一位年輕的款爺，拉著花魁走出天上人間的門廳，指著一輛紅色跑車，將鑰匙放進花魁的手心，道：「這輛小跑歸你了。一、嘉獎你的美麗，二、嘉獎你的得體。你是我見過的、最善解人意的女人。」

花魁樂呵呵地笑著，深深地向款爺鞠了一躬。

花魁扶著一位上了年紀的客人，將他送到大門口，客人掏出張支票，道：「一點小意思，不成敬意。」

客人的車走了，花魁打開支票一看，忍不住叫出了聲：「哇，400 萬！」

「花魁沒有理由自殺。」又一位小姐妹道。

「就是。」眾小姐妹們皆應和著。

「活得這麼滋潤，為啥要自殺呢？打死我也不信。」

「會不會被人害死的？」

「有這種可能。」

「我也覺得，一定是被人害死的。」

「對，沒准就是被人害死的，而後又偽造成了上吊的現場。」

「差不多，可能就是這樣。」

「那就該叫被自殺。」

死訊、花魁死了的消息，在天上人間不脛而走。

人們擠在樓梯口，都想上去看看。

而樓下的樓梯口與樓上的通道口，已形成了兩道閘，由身著黑制服的保安們守著。

珊姐、天上人間的總經理，正在給 110 報警。

接線的女警問清了情況後，特地交代了句「請保護好現場」。

「廢話，這還要你教？」珊姐挂上了給 110 的報警電話，又給派出所報案。

　　派出所問清了情況後，也交代了句「請保護好現場」。

　　現場，早保護了起來。像珊姐這樣見多識廣、精明強幹的女人，咋可能不知道這些最基本的常識？

　　不僅現場保護了起來，珊姐還叫保安拿下了第一個發現花魁自縊身亡的張富。

　　此刻，張富就在珊姐的辦公室裡，雙手被反綁著，再被結結實實地綁在了張椅子上；身邊還站著四個彪形保安，看守著。

　　「我好心向珊姐報告，咋反倒把我給綁了起來？」張富委屈地道，「我要是不報告，興許你們到現在都還不知道花魁死了。我要是跑了，不就更沒我的事了？」

　　「你要是跑了，就徹底完蛋了。你跑，不就等於承認了花魁是你殺的？再說，你能跑到哪裡去？這種案子，你一跑，就肯定會通緝。逃亡中，你若是敢反抗，沒准還會被當場擊斃。」一個保安道。

　　另一個保安也道：「天上人間死了人，死的又是花魁，誰也脫不了干係，都會被查的。你兄弟倆平日又和花魁貼得最近，再加上花魁自縊還是你發現的，就算你跟花魁的死沒有關係，警察總要找你問問的吧？所以，誰當總經理都會把你扣下。」

　　如此一番說道後，張富漸漸安靜，且也蔫掉了，耷拉著個腦袋，一副聽天由命的樣子，坐等著警察前來處理。

　　其實，又何止是張富在等候處理？被堵在天上人間裡的所有人，都漸漸安靜下來，退回到各自剛聽說花魁死了時的位置，或就近找個座，等候著公安前來處理。

　　當然，此刻即使想走也晚了，也別想走得掉了。大門及各大小出入口，都已被珊姐下令上了鎖，還分派了保安把守著。

　　為了防止被堵在天上人間裡的人情緒激動，或引發騷亂，珊姐還令保安們都全副武裝了起來，啥鋼叉、電警棍全都攥在了手裡。

　　其實，看守別人的人和被看著的人，心裡是一個滋味：不知這

事啥時才能了，啥時才能回家。

自然，人們也惦記著樓上的花魁。

最先趕到天上人間的，是110。

110出警的警察，問清了出事的現場後，便留下輔警彈壓大廳裡的眾人，自己向樓上跑去。

到了花魁的套房門口，見到花魁吊在落地窗的防盜欄杆上，又見門口已有保安守著，便交代了句，又趕下樓去彈壓大廳。

這時，轄區派出所的所長，也帶著十幾名警察趕到了天上人間。

所長給各出入口分派了人手加強警戒，其餘的留在了大廳裡；自己只帶了一個警察，上樓去查看現場。

在花魁寬敞的、呈一水的粉色的套房的門口，所長朝裡望了望，也沒有進去；留下了那跟著的警察加強對現場入口的警戒後，自己又趕緊下樓來；因為，被扣在大廳裡的人，實在是太多了。

在大廳裡，所長掏出手機與上級聯繫。就在這當口，大批重裝備快速反應防暴特警趕到。

指揮長與所長交流了幾句後，隨即下命，由特警全面接管天上人間的所有警衛；把保安們全都換了下來，並一起趕進了大廳裡，也全都控制了起來。

這時，邢隊帶著市局刑警大隊偵破組也趕到了。

聽了派出所所長的簡短介紹後，邢隊命笨哥帶人去控制張富、珊姐等，自己則帶警花等上樓去勘察現場。

負責照相的警察在最前面，一邊走、一邊從各種不同的角度拍攝著花魁的套房。

采集腳印、步態、指紋等的警察，隨後跟進，且拿出各自攜帶的專用工具，分頭忙碌著。

花魁的房間，極寬敞。套間的外間，約四五十平米，空蕩蕩地

放著一組粉色的沙發與玻璃的茶幾。房屋的高度，約近五米。整個套間，是一水的粉紅色，讓人感到種暖意。

套房的裡間，足有一百多平米。左側，是張粉色的圓型大沙發床，直徑足有三米。沙發床上，是從天花板上一直垂下來的粉色薄紗帳；床頭的裝飾，像睡蓮的花瓣般展開。靠近床頭處，擺著兩摞四個粉色的睡枕；床尾的中央，是兩條粉色的毛巾被，疊成的兩只戲水的鴛鴦。

沙發床的右邊，是個圓型的、比床小一圈的粉色的洗浴池。浴池的兩側，擺放著一組粉色的沙發。

沙發的後面，是一排高大、寬闊的落地窗，窗上掛著粉色紗簾。

花魁身穿一件連衣的粉色薄紗裙，就吊在粉色窗紗的後面，吊在落地窗的防盜欄杆上。

邢隊與警花，是最後踏進花魁套間的。

一進門，花魁吊在防盜欄杆上的情景已一目了然。邢隊走過去，用手指試了試花魁有無鼻息，又搭了搭她的脈；確定已死後，和警花一起，將花魁從防盜窗護欄上取下來，平放在地板上。又不知從哪找來一塊白布，罩在花魁的屍體上。

樓上正忙著勘察現場。

樓下的大廳裡，不知啥時，突然出現了微服私訪的王副市長，他一個電話，就把市公安局的局長給叫了過來。

天上人間的大廳，足有幾個籃球場大，高度也足夠室內運動場的標准，是典型的俄式宮廷建築，但裝潢很現代，也極富麗堂皇。

這時的大廳裡，照明燈已全都打開，把整個大廳照得雪亮；然，先前那些搖曳、閃爍的各種暖色調的彩燈，還沒關上。

燈火通明的空間裡，一束束一縷縷暖色的光影光斑遊動，五彩斑斕地飄忽，映在人們的身上，像極了早晨的陽光映照在細波微漾的水面上反射出的星星點點的瞬間的耀目的燦爛。

音響早已被關上。然，這些曼妙、冶豔的燈光，也足以讓人覺得那美妙的音樂與迷人的歌聲，依然還在耳畔；甚至就連那蹁躚、婀娜的舞姿，也仿佛還在眼前。

市局的局長，匆匆忙忙趕到了，低著眉、站在王副的身旁。

邢隊將已顯像了的、花魁吊死在防盜窗欄杆上的照片遞過去，並作簡短匯報。

局長則將照片呈給王副，讓王副先看。

王副只瞄了一眼，便厲聲問道：「這是自殺嗎？是自縊身亡嗎？我咋覺得像是在擺拍呢？」

不知邢隊想說什麼，想咋回答；反正，被局長的眼神給壓制住了。

王副又對局長道：「立即成立專案組，限期破案。」

說完後，王副便朝大門口走去。

現場辦公，局長當即宣布：天上人間花魁之死專案組成立——組長，邢隊；副組長，笨哥。

同時宣布：天上人間花魁之死專案領導小組成立——組長，王副；副組長，局長。

布置完工作後，局長就趕緊追著王副的背影，也離開了天上人間的大廳。

天上人間的全稱，是新長征餐飲娛樂總公司天上人間夜總會。這家夜總會也是京城裡最高檔、最有名的娛樂場所。

相當於老北京的八大胡同，老南京的石壩街，台北的林森北路，香港的油麻地，澳門的葡京大酒店，美利堅的拉斯維加斯，東京的銀座，巴黎的蒙馬特，漢堡的繩索街。

雖說天上人間不過是家夜總會，但夜總會的來頭很大，背景也極不一般。據說，單法人代表，就是一位台資大公司的副總；第一大股東，又是位美籍華人。

而這美籍華人的關係，也非常有來頭。據說，他見了那啥海裡

11

的某某某，叫八姨爹；見連某某某見了也得畢恭畢敬的誰誰誰，叫七舅母大姑姥爺。

總之是一句話：夜總會開了這麼些年，天天燈紅酒綠，夜夜鶯歌燕舞，周周魂斷藍橋，月月紙醉金迷，年年金粉世家，從未見過有誰、膽敢站出來貼上一張大字報之類的什麼。

而花魁，則正是這家夜總會的第一搖錢樹，人稱當家花旦。

自然，花魁原本也有名有姓，但她的姓名屬特級機密；所以，大家就都叫她花魁。

花魁香消玉殞時，芳齡整二十三歲又一個月零五天。籍貫，有說河北，也有說河南，經天上人間花魁之死專案組確定，實為蘇州城外太湖西小方山南麓桃源鎮茶花村人。

花魁的形象，見過的都誇大眼、小嘴、高鼻梁，異常地靚麗。身材也極標致，高 172 公分，重 45 公斤；皮膚白皙，且細膩嫩滑。

聲音，更是甜美而嬌柔，給人遐想無限。

其實，花魁最出眾的地方，不是美貌，而是性格，是她的溫柔、她的婉約、她的聰慧等等。

有人曾說花魁，上知天文、下知地理，中間懂經濟。或許，這樣說有點過。但，只要有富豪逗她、為難她時，總會被她用「我連眼前的苟且都沒法解決，還談什麼詩和遠方」、「你羨慕我無牽無挂、一身瀟灑，我羨慕你有人等你回家」、「行李箱裝不下我想去的遠方」等等的機智與俏皮而化解，還讓人不得不為之拍案叫絕。

就拿花魁香消玉殞前一個月零五天、她 23 歲的生日來說，就有愛慕她已久的一位富家公子，送給她 23 萬美金和一只純金茶杯（寓意：相愛「一輩子」），作為生日禮物。另外，還把沒有認識她之前的、那 22 年的禮物，也都統統地給補齊了——1 歲的禮物，是一只純金項圈；2 歲的禮物，是一對冰糯玉鐲；3 歲的禮物，是一尊鑲紅寶石的鳳冠……22 歲的禮物，則是一輛奧迪 Q7。

天上人間夜總會的每一個角落，都已經被搜查了個遍。所有的人，也全都被趕到了大廳裡。

夜場的小姐們，都被集中到大廳的左邊，足足有一百多人。

一百多個穿著各款各色薄紗長裙的夜場小姐，站在一起，真可謂群芳吐蕊、爭奇鬥豔、秀色可餐，也堪稱蔚為壯觀。

其餘人等，則被集中到了大廳的右邊；掃一眼望去，也絕不在三百人之下。而這三百多人，又絕大多數都是富豪，或富二代；要不，就是有權有勢的官員。可以毫不誇張地講，雖說只有三百多人，卻集中了京城一半以上的財富。

在這匯聚著社會上流的地方，一般的官員、就算是弱勢群體了。

而此時此刻，最威武、最派頭的，莫過於特警隊的現場指揮長。他帶領著一百多名重裝備特警，在大廳裡看押、清理著一百多個夜場小姐與三百多個富豪、富二代等。

按性別分開之後，就開始收繳手機及隨身物品。

有不服氣的，嘴巴在嘀嘀咕咕。

然而，稍有騷動，特警指揮長的眼睛就會橫著瞪過去，附近特警手裡的槍也會跟著指過去。如是，嘀咕的嘴巴便不再嘀咕，騷動也就平息。

也有個脾氣特倔，不肯老實就範的。

附近的特警立馬衝了上去，一把將他掀翻在地，而後反關節一擰、擒拿住，再就勢給他戴上了手銬。

脾氣特倔的，都沒了脾氣；而大廳裡所有目睹這一幕的，也就更沒有脾氣了。

或許，大家心裡都很清楚：樓上的花魁死了，死了人的地方就叫現場；而在現場的所有人，就都是嫌疑人。

來天上人間，原本是要顯擺、要牛逼、圖快活；而如今，都快活成了嫌疑人，還有啥好顯擺、好牛逼的呢？

況且，如今的執法也很規矩、很人性化。每一個人，都是由自

13

己搜身、自己掏出所有的隨身物品,放進一個特警提供的塑料袋中。

每一個塑料袋,也都會隨即貼上唯一的編號;而同樣的另一個編號,則會立即貼在物品主人的左手手背上。

手機與物品收繳齊了,都集中攤放在大廳的中央,所有人都能看得見的地方。一大攤的塑料袋、好幾百部手機,起碼也有上百部在此起彼伏地被呼叫,鈴聲與各款音樂響成了一片。獨特無比。

收繳完手機與隨身物品,並沒有就完。特警又命一百多個夜場小姐都脫下腳上的高跟鞋,放在身後,而後赤腳、面壁、抱頭、蹲下。

自然,另一邊的男性,也被命脫下了腳上的鞋,放在身後,而後也赤腳、面壁、抱頭、蹲下。

不准說話,不准私下裡嘰嘰咕咕。

而此時的樓上、花魁死亡的現場,邢隊正領著警花等忙碌著。

笨哥與其手下,則押解著已簽了傳喚證等的珊姐、張富等一干重要證人,回刑警大隊去。

京城的夜色,黑暗中透著輝煌、輝煌裡藏著黑暗,美輪美奐、美麗無比,宛如一個碩大無朋的天上人間。

鳥瞰京城的夜景。夜幕中,是一片星星般閃爍、璀璨的燈光。燈光在霧靄中,迷離又美麗,像極了彩燈旋轉、追光搖曳……充滿柔情蜜意的天上人間的大舞廳。

如果是在飛機上,離閃爍與璀璨的燈光飛得越近,就越能感受到一張巨大的燈光的網。這張柔曼地拋撒開去的燈光的網,罩住了整座京城的夜,讓黑暗也變得渺小,只配作京城之夜的輝煌的陪襯。

飛得再近些,燈光的網的網格也漸漸清晰,連一格一格的網眼也跟著顯露了出來。

再近一些,便可辨出一道道光帶、一條條車流,及幾環幾環

等。自然，越近那光帶就越強烈、越燦爛。

光帶與車流織就的光網之間，便是京城一幢又一幢的雄偉的高樓，猶如一支支擎天寶劍，閃著冷的寒光、暖的血光，或人五人六的光，讓周圍的黑暗無處逃遁。

三環上的天上人間，雖比不上擎天寶劍般的高樓偉岸，卻也是京城的驕傲、京城的溫柔、京城的浪漫，更是這老皇城中最名副其實的、奪目的夜明珠。

天上人間牌樓上的霓虹燈，標誌性地變幻與閃爍著，也張揚著，像全聚德、榮寶齋、二鍋頭、慶豐包子般地盡情炫耀。

主體建築的牆上，則被不同色的燈串勾勒出一個又一個的清晰的棱角，天上人間的主人或設計者想說明什麼、暗示什麼，沒有人知道。

與之相比，正門頂上那用燈光描寫的「天上人間 KTV」幾個字，反倒讓人覺得有一種平淡，且帶一抹謙遜。自然，那平淡與謙遜中，又藏著幾分高貴、幾分神秘，與深不可測。

所以，愛故弄玄虛的人常說，誰若解得「天上人間」，也就解得了這京城裡的一半玄機。

當然，飛機上是看不到天上人間的，天上人間在人們的心中。

刑偵大隊的辦公大樓，燈火通明；尤其是天上人間花魁之死專案組的這一層，更是形同白晝。

專案組的大通間辦公室裡，只有立柱，沒有隔板；天花板上，是一排又一排的白光燈。在如此的燈光下，立柱無影，黑暗更無處躲藏。

從現場撤回來的刑警們，馬不停蹄，已緊張地投入到各自的分工與角色中。每個人都全神貫注，分析與研究著。相互間也沒啥交流，即便是同組的合作者間，也都用眼神傳遞著信息。

邢隊發了個口頭通知：「請注意：兩個小時後，案情匯總，由各小組負責人口述。」

　　有的人抬了抬頭，多數的頭也沒抬、只應了聲；更有的連應都沒應，目不轉睛地注視著電腦上那自己的活。

　　大通間辦公室裡，緊張、忙碌，有條不紊。查看監控錄像、作比對的，聯繫電信、調閱通話記錄的，分析指紋、腳印、步態的……各自互不干擾、高效而有序地工作著。

　　所有的力量，都指向一處——揭開謎團，讓真相大白於天下。

　　下半夜，沒啥生意了，幾輛出租車像約好了似的，開到了路邊的臨時洗車點；把車交給洗車的農民工後，幾位的哥就聚在一起聊開了。

　　「聽說了嗎？天上人間的花魁死了。」有人問。

　　「早知道了，自縊身亡。」有人答。

　　「老土了吧。混得這般風生水起，憑啥要上吊？如果是你每月掙幾十萬、甚至幾百萬，你會尋死、會自殺嗎？」

　　「就是。肯定是他殺，沒說的。」

　　「對！據說，連王副都親自去看了，都說像是擺拍。」

　　「那是誰殺死了花魁呢？這錢，也一定撈了不老少吧？」

　　「錯！錢沒動，連首飾都一件不少。」

　　「真的？那圖什麼？」

　　「這還能有假？圖啥不知道。反正，也沒有劫色。」

　　「這，難道會是除奸安良？」

　　「也許就是。這年頭，已啥都說不准了。」

　　……

　　那邊，刑偵隊裡，天上人間花魁之死專案組正在緊張破案，這邊，案情及各種推理等等，已在的哥們的嘴上傳得沸沸揚揚。

　　窗外的夜，已漸漸泛出了灰白色。

　　專案組的大通間裡，依舊燈火通明，只是不似夜間那般耀目、那般地特別的亮。

刑警們停下了手頭工作，在匯報各自對案情的發現及進展。

查看與比對錄像的小組，匯報道：「昨晚晚飯以後，進入過花魁的大套間的，應該有四人：張富、珊姐、三少……」

「還有一個呢？」邢隊詢問道。

一番支支吾吾後，才有一位年輕些的道：「還有一個是身穿皮風衣的招風耳的中年男子。」

邢隊沒有吭聲。稍後，一位年長些的補充道：「花魁的大套間裡沒有攝像頭。」

邢隊問：「那當天呢？當天有哪些人進過花魁的大套間？」

「當天也只有六七個：張富、珊姐、三少、張貴、富商……還有一個初中生，不知有沒有進去。」

又有人補充道：「一周之內，還沒有來得及調閱和比對。更長時間段的，有沒有必要做？」

「先這樣吧。」邢隊沒有具體回答。

分析指紋的匯報：「防盜窗欄杆上的指紋，清晰的，只有花魁的；另有幾枚，已很久了。還有一些很不清晰的，可能是打掃衛生的女工留下的，需進一步核對。此外，房間裡還有張富、張貴、珊姐的指紋，和一枚待定的指紋。」

作腳印、步態等分析的各個小組，也都一一作了匯報。

案情已漸漸清晰。如果是自殺，那就沒的說了。而如果是他殺，嫌疑最大的，應該就是那個身穿皮風衣的招風耳的中年男子，然而，他已離開了現場、不在已帶回到刑偵大隊的 400 多人之中；其次，就要數珊姐、張富、張貴、三少、富商和那個初中生。

對下一步如何展開，大夥都等著邢隊拿主意。然，邢隊卻抱著膀子，不停地來回走著。

雖說每個人都很累了，卻又不好催促。誰都知道，偵破就講究個怎麼展開、怎麼進行等等的有序。

邢隊終於發話了，是對笨哥說：「你先起草份案情匯總。」

「我？讓我起草？這不是我的長處，而是我的短處。」笨哥叫喚

道。

「那就你寫吧。」邢隊轉過身來對警花道。

警花點了點頭，答應了。

這一天就這麼過去了。沒有人說要回家，大多數的人趕緊趴在桌子上，先打個盹。

兩三個小時後，又是一個工作日。在新的一天裡，天上人間花魁之死的案子，會不會有進展、會有怎樣的進展？大家的心裡都沒底。

清晨，街心公園。

朝陽剛剛離開地平線，空氣裡還帶著露水的氣息，樹枝上已掛滿了各式各樣的鳥籠；小鳥們在各自的籠子裡，向臨時的鄰居們「嘰嘰喳喳」地招呼。

遛鳥的老爺子們，三三兩兩地紮著堆、閑聊著。

自然，昨晚天上人間的花魁之死，逃不過他們的耳目，成了他們此刻的主要話題。

紅歌一手提溜著一個鳥籠，腰板筆直，向街心公園走來。

「紅歌」不是姓名，可他是唱紅歌出名的，且一唱就幾十年；如今老了，不唱了，可熟悉他的老爺子都愛調侃他。要緊的，是他自己不覺得有啥不好；如是，這「紅歌」就叫成了他的綽號。

京城裡的人，也幾乎沒有人不知道：紅歌，就是三少的爹；三少，就是紅歌的兒。

還沒有走進街心公園，一位遛鳥的老爺子便朝紅歌招手，神秘地示意：快，今兒有大新聞。

「又神神叨叨地，咋啦？」紅歌問。

遛鳥的壓低聲音道：「知道嗎？昨晚，京城裡出大事了。」

「嗨，朗朗乾坤，昭昭日月，能出啥大事？」

「天上人間，你總知道吧？」

「當然知道。」

「天上人間的花魁，昨晚死啦！」

「不就是死了個妓女嗎？這能算啥大事？」

「這你就不懂了吧？天上人間是啥地方？花魁又是啥角色？這事還不大？你想要多大的事？」

「不是我想要多大的事，而是死了個妓女不能算啥大事。」

「不能算啥大事？那好，我告訴你，昨晚，各警種，一千多號警察出動了，把天上人間，圍了個水泄不通；在場的四百多號男男女女，全都被帶走了。這麼大的事，還不能算大事嗎？」

「真的？咋會這樣呢？」

「這還會有假？整座京城都傳遍了。」

「又是你那開的士兒子說的？」

「是的，又咋樣？這你懂的。京城裡的事，沒有他們不知道的，只有他們先知道的。」

「那你說說，那花魁是咋死的？」

「上吊死的，自縊身亡。可問題是，有誰會相信呢？」

「這倒也是，年紀輕輕的，幹嘛要想不開，怎麼會想要上吊呢？」

「就是這麼說。要風得風，要雨得雨。人，長得又漂亮；錢，也是一輩子都用不完。她幹嘛要上吊、幹嘛要死？」

「是。可如果不是自殺，又會是什麼呢？」

「他殺呀！而且，很可能是熟人作案。現在，京城滿大街都在分析：一種，是謀財害命；還有一種，就是殺人滅口。」

「殺人滅口？一個妓女，她能知道些啥？」

「這你就又老外了。天上人間，不僅僅是娛樂場，那更是個生意場；花魁，也不僅僅是妓女，更是生意人。我猜呀，要不就是她知道了什麼不該她知道的秘密，要不就是她接待了什麼她本不該接待的人物。」

「你就扯吧，有啥生意是不能讓人知道的？」

「老外，你真老外！不能讓人知道的生意，就太多了。」

「好，就算你有理。可，大人物是不會去天上人間的；如果真去了，就不會在乎別人知道。尤其是既點了花魁、跟花魁在一起快活過了，怎麼可能不讓花魁知道、跟她在一起的是誰呢？」

「那不一定了。或許，去的時候，是色膽包天；而事後，卻又感到後怕了呢？」

「這倒也有可能。那為什麼不分析分析謀財害命呢？」

「分析謀財害命？沒勁。因為，如果是謀財害命，就只可能是小毛賊。做這種推理，符合咱京城大老爺們的身份嗎？」

「倒也是。」

「還有一種，是中間的說法。」

「啥中間的說法？」

「我跟你說，你可不能跟我急眼。」

「你說，扯這麼多廢話幹啥。」

「有人說，是你家的三少，霸王硬上弓；完事之後，或許，還要想吃霸王餐……如是……」

「我草！你兒子編派我兒子？」

「沒有的事。不是我兒子編派你兒子，而是你兒子昨晚可能真的就在現場。」

「是誰說的？」

「你就別管是誰說的了，趕緊打個電話問問。」

「你咋早不說，早叫我打電話？」

「你讓我說了嗎？」

紅歌趕緊掏出手機，撥通三少的電話，那邊的提示是「已關機」；再撥，還是「已關機」。

紅歌又撥老婆高音的電話，撥通後那邊卻掛了。紅歌再打過去，那邊罵道：「我在睡覺，你打啥電話？催命呀？」

紅歌道：「你趕緊起來，去三少的房間看看，在家不？」

「怎麼可能不在家呢？」

「你先別說這麼多，趕緊起來去看看。」

不一會，電話那邊回道：「真的不在，咋得啦？」

紅歌道：「不是一兩句話能說清的。你在家等著，哪兒也別去；我馬上就回來，回來再說。」

紅歌收起手機、摘下鳥籠，就趕緊往家跑。

天色，已越來越亮。

新的一天，已來到這座具有 3000 多年建城史、800 多年建都史的皇城的城牆根下。

那早起的、遛彎的、遛狗的、遛鳥的、買菜的、上班的、有事或沒事的，都在議論天上人間花魁之死。

京城裡天性助人為樂的的哥們，更是每拉上一個客人，就要免費介紹一遍；而那些一時沒拉上客人的，則更是紮堆兒議論著。

版本，也從開始的花魁自縊、舌頭伸出三寸多長，到多半是那兩個小白臉見財起意、圖財害命，殺了花魁，再到偽裝成自縊狀、而後擺拍等等；最後，演義成：三少剛放出來，渴呵，估計又是霸王硬上弓；上完後，又沒有錢，便想吃霸王餐。

皇城根上長大的人，有誰不是這般——小的，能知道眼前飛過的蚊子是公是母；大的，能知道那皇帝老兒今晚究竟睡哪個妃子。

祖祖輩輩，生於斯、長於斯，如果不會侃大山、不能演義、不善於做個小腳偵緝隊，那還能叫、配叫京城人嗎？

如是，專案組想到的，大家夥都想到了；專案組沒想到的，大家夥也想到了。最重要的，是專案組不敢想或想到了也不敢說的，到了他們這裡，那就不是個事。

審訊室裡，張富在叫喚：「冤枉呀！你們辦案就這麼辦嗎？我是報案的，反倒把我給抓來了。即使花姐不是自殺，兇手也早跑了，你們抓我有什麼用？有本事，去抓真兇手呀……」

邢隊沒有理睬張富，坐下後，冷不伶仃地問：「姓名？」

「張富。」

「年齡？」

「22歲。」

「哪裡人？」

「蘇州。」

「張貴是你什麼人？」

「雙胞胎弟弟。」

「你們與花魁是什麼關係？」

「老鄉，同村人。」

「什麼時候認識的？」

「打小就認識了，撒尿和爛泥時就認識了。」

坐在邢隊身邊敲打著電腦、做筆錄的女警笑了。邢隊卻正色道：「我是問你，後來是怎麼聯繫上的。」

「村裡人都說她混好了，我們就來找她了。」

「是她給你們安排的工作？」

「除了她，還會有誰呢？誰關心過我們？」

「什麼工作？」

「跟班。」

「不說你倆是她的小白臉嗎？」

「什麼小白臉呀？花姐能得看得上我倆嗎？打小，我們哥倆就是她的粉絲了。至於外邊怎麼說、怎麼傳，那就不是我們的事了。我們也左右不了。」

突然，邢隊變換了個話題，又冷不伶仃地問：「你是怎麼知道花魁死了的？」

「我一進套間，就見花姐吊在那裡，就知道她死了。」

「她吊在那裡，並不等於已經死了。」

「嘴張得老大、舌頭伸得老長，沒有死嗎？」

「你確定看清楚了？她的嘴巴張得老大、舌頭伸得老長？」

「不能確定，也沒有看清。」

「那你剛才為什麼要這麼說呢？」

「書上不都這麼寫的？」

「你沒看清？」

「沒看清。我一見花姐吊在那裡，就趕緊喊珊姐，趕緊喊：大事不好了，出事啦、死人啦，花姐吊死啦。」

「後來呢？」

「後來，珊姐就叫人把我給抓了起來。」

「那當時，張貴人在哪裡？」

「他不在，聽課去了。」

「聽什麼課？在哪裡聽課？」

「模特學習班。」

「你編吧，繼續編。」

「真的。區社保中心辦的，再就業學習班。」

「你們不是本市戶口，咋能上社保辦的再就業學習班？」

「怎麼就不能上呢？本市戶口，是免費的；而我們，是交錢的。都在一起上課。」

「為什麼要上模特學習班？」

「笑話，我們總不能永遠跟花姐當跟班吧？」

「這麼說，你們兄弟倆早就有商量、早就有異志了？」

「啥叫『異志』？」

「就是不想跟著花魁幹了？」

「那當然。總不能兩個大男人，就這麼一直跟著個女人混飯吃吧？雖然我們粉花姐，但我們也總該有自己的事業、自己的天地吧？」

「那你說說，模特學習班是個什麼情況？」

「也沒有什麼情況。我們只交了一個人的錢，兩人輪流去聽課；我們自己不說，沒有人能分得清我倆。再說，我倆有心靈感應。他知道的東西，我差不多全知道；我能弄懂的東西，他也差不多都能懂。就這些。」

「這麼說，你們想要對花魁下手，也是不用商量的？」

「可我們沒有真的下手，那只不過是個玩笑。」

「玩笑？怎麼會開這樣的玩笑？」

「因為花姐太有錢了呀！」

「她太有錢了，你們就想要動手了？」

「我說過了，我們真的沒有想要動手，只是說說而已。」

「咋說的？重複一遍。」

「就說，要是把花姐殺了，她的錢就全歸我們了，那就一輩子也用不完了。」

「是誰說的？」

「我說的。」

「現在，張貴人在哪裡？」

「你們不知道張貴在哪裡？這麼說，你們並沒有抓到張貴？」

邢隊拍了下桌子，怒斥道：「什麼叫一個玩笑、說說而已？既是玩笑、說說而已，張貴為何要逃？他有必要逃嗎？」

「逃？這麼說，你們真的沒有抓到他？」

「不要高興得太早，早晚會抓到的。已經下了通緝令。」

「通緝他？」

「對。如果他敢反抗，可以當場擊斃他。」

「啊？真的會開槍？」

「當然真的。如果敢暴力拒捕，抓捕他的人可以開槍，一槍擊斃。」

「千萬別開槍！沒他的事、沒有他的事。」

「這麼說，是你殺了花魁？」

「好，就算是我殺了花姐，與張貴沒有關係。總可以了吧？」

「你為什麼要殺死花魁？」

「她太有錢了呀。」

「那你殺死了她之後，為何又沒有拿走她的錢呢？」

「慌了，見花姐死了，我就趕緊叫珊姐了。」

「怎麼殺的，用什麼殺死她的？」

「我也不知道。」

「你殺的，怎麼會不知道？」

「忘了。」

「好好想想。是勒死她的，不是用刀刺死她的？」

「那就是勒死她的吧。」

「用什麼勒死的？」

「用皮帶勒的。」

「皮帶呢，在哪裡？」

「在這裡。」說著，張富撩起了上衣，一摸，才想起來：被抓之後不久，他的皮帶就被刑警抽了下來、沒收了。

「那你又是怎麼偽造現場的？」

「偽造？哦，我看她死了，就扯了根布條，把她吊在了防盜窗的欄杆上了。」

「什麼顏色的布條？」

「記不得了，好像是粉色的吧。」

「在哪裡扯下的？」

「記不得了，真的記不得了。你們自己去看，哪裡缺布條，就是在哪裡扯下來的。」

審訊室裡，珊姐已經被帶到，並被扣在了被審席的椅子裡。

笨哥與警二進來。

警二本打算坐到助審席上，笨哥給他遞了個眼色，示意警二坐到主審席上去。警二遲疑了一下，像是在問「這合適嗎」。笨哥肯定地點了點頭，這麼，警二才坐了下來。

落座之後，警二習慣性地、順手調亮了燈光，並將燈光對准了坐在對面被審席上的珊姐。

驟然間，珊姐的臉龐被照得蒼白；一雙眼睛，也被強光刺得瞇成了兩條線。珊姐忍著，禮貌地道：「請不要將強光對准我。」

警二看了一眼笨哥，笨哥點了點頭，警二便又將燈光從珊姐的

臉上移開去。

警二正欲按慣例訊問姓名、性別、年齡等等，珊姐卻先說話了：「麻煩，請給我一杯水。」

笨哥起身，出門去別的屋子端來了杯水，遞到珊姐的手裡。

警二欲重新開始訊問，珊姐卻又說話了：「請給我一支香煙，要薄荷型的。」

「你怎麼有這麼多毛病？」警二按耐不住了。

笨哥向警二擺了擺手，去房門口叫來位輔警，掏出錢，囑咐他去買煙，臨了還關照「要薄荷型的」。

看著警階比自己高的笨哥的態度，警二也有所改變，問珊姐道：「可以開始了嗎？」

珊姐很優雅地點了一點頭。

「姓名？」

「珊姐。」

「性別？」

「女。」

「年齡？」

「27 歲。」

笨哥不願主審珊姐，是因為彼此相識，且還算熟悉。更何況，大家都是大院裡長大的，只是不是同一個大院而已。自然，笨哥也可以申請回避，但，他不願意。

珊姐的父母，兩人都是國家一級功勳特工，且長期駐外。兒時的珊姐，無雙親管束，很野，像男孩，什麼爬樹、上房、打架……全在行。稍大一點後，習武，身手也很不一般。

後來被大院裡的老一輩看中，要培養她當特工，繼承父業。據說，看中珊姐，最重要的一條是發現她的心理素質極好，適合做間諜。

然而，一代人有一代人的想法。珊姐對做間諜沒有興趣，她自己報考了電影學院，想當女明星，至少也要當個武打女星。

為此，那些一心只想著國家的大院老一輩們，悄悄給珊姐設置了許多障礙，想讓她回頭。可，珊姐寧願一條道走到黑，所以才落得個做替身的尷尬境地。

自然，珊姐最終還是出名了。只不過，她是靠給一位著名的國際華人女星當裸替，才真正出名的。

薄荷型的煙買來了，笨哥給珊姐點上。

珊姐深深地吸了一口，而後慢慢地吐出，道：「其實，真沒有什麼好說的。得知花魁自縊後，我就讓保安控制了現場，且控制了第一個發現花魁自縊的人。」

警二飛快地打著電腦，記錄著。

珊姐又吸了一口煙，而後道：「花魁，當年是我招來的。這些年，我們相處得不錯。花魁性格好，溫柔，也很開朗。以我對她的了解，我不認為她會想不開、會自縊，也找不出她自殺的動機。」

自然，珊姐沒有說，自己與花魁都是雙性向，且兩人還有過那種關係。當然，這一點或許並不重要；至少，是珊姐認為，這一點與花魁之死沒有關係。

「那麼，你有沒有發現具體的線索？」笨哥問。

「這就得好好想一想了。」珊姐道。

警二沒再問。或許，他知道問也問不出啥有價值的東西來。

花魁之死，牽動著無數人的心。然，即便天上人間的總經理珊姐，也一時看不出有啥破綻。

審訊室裡，警花與警三已經坐在了審訊席上。

三少被帶了進來。

押解的刑警欲將三少按進被審席，三少掙扎著，死活不從，道：「我又沒犯法，憑啥要被卡在椅子裡？」

「你且去」，警花示意刑警，而後對三少道，「咱倆換個座，你看合適嗎？」

「我沒這個意思。」三少道。

「那你總不能整個過程一直都站著吧？」

「那也別鎖我。」

「可以。」

如是，三少便坐進了被審席。可剛一坐進去，那椅子就自動把三少鎖住了。

「騙子！你這個漂亮的女騙子、美女毒蛇、靚女妖精、亂世佳人、妲己再世。」三少大聲喊叫起來。

警花笑道：「我沒有騙你，是你自己沒有擋住那機關。」

「那幫我打開。」

「我沒有鑰匙，鑰匙在剛才的那人手裡。」

「真是倒了血黴，我不過是想看看花魁長得到底有多漂亮；結果是花魁死了，我卻被你們抓了來。」

三少不願意坐進被審席，是因為早幾年、他未成年時就坐過，在心裡留下了很大的陰影。

三少是標准的星二代，他爹就是著名男高音歌唱家、人稱「紅歌」的那位。

三少的媽媽，也是歌唱家，還是女高音，算得上是紅歌的關門女弟子。因為崇拜，愛上了紅歌，自願做小三。而三少，就是高音做小三時懷上的，所以叫三少，並非是排行老三。

如此得子，兩口子自然疼愛有加；也因此，便害了三少。

早幾年，三少在京城非常有名。這世上，就沒他不敢幹的。如是，就上演了著名的、可以載入中國歷史的、「第一個上，不算輪奸」的荒誕劇。

事情大致這樣：三少年少，無知又張狂，兼把持不住，且還要向哥們顯擺；如是，就不知從哪弄來個小美女，幾個人把人家上了。

之後，女方自然是不依不饒。事情鬧開後，紅歌便找報人搞輿論干預，結果就有了「第一個上，不算輪奸」之說。

這謬論在國內外激起軒然大波，激怒了一位作家，立即撰文諷

刺雲：在「嫖宿幼女」、「戴套不算強奸」之後，我偉大的祖國、文明的華夏，終於又出現了一項新發明等。

因此，輿論干預弄巧成拙。三少也敗訴，最終只好去蹲大獄。

而那作家，或許是無事佬，竟還常去看望紅歌。一來二去，就莫名其妙地成了朋友。

審訊依舊在進行中。

三少又重複道：「我剛出來。聽說花魁漂亮，就來看看，啥也沒做。你叫我說啥？」

警花道：「你在現場，自然應該說清楚你為啥去天上人間；且最好能夠自證，你與花魁之死沒有關係。」

「我確實啥也沒幹，不需要自證，也自證不了。」

「你連自證一下都不願意，不肯配合。你叫我怎麼能同意、讓你保釋呢？」

「那還審什麼審呢？直接把我關起來好了。我又不是沒坐過牢。我爹自會來找你們算賬的。」

「你這可是藐視、威脅辦案人員。」

「我藐視了嗎、威脅了嗎？我的意思是說，你很漂亮，等我出去後，我會追你的。」

「你這是調戲辦案人員。」

「我調戲你了嗎？你說，我摸你哪裡了？」

「摸，是猥褻。說你調戲辦案人員，是你剛才的語言，具有調戲的性質。」

「哇塞！美女，沒想到，你還是個學問家！我愛死你了。」三少道，「這回，我總沒有錯了吧？」

「這我就幫不了你了，等你爸來領你吧。」

「好啊。不過我爸更是個大色狼，你可要防著他、躲著他。要不吃了虧，你可別怪哥們沒有提醒過你。」

對三少的審訊沒法進行下去。畢竟，抓人是要講證據的。

花魁之死的案子再要緊，也只能看看能否在其他的人身上有所

突破了。

「有沒有搞錯？把我弄到這種地方來。」富商責問道。

「沒有搞錯。你是在天上人間、是在花魁之死的現場吧？」警四針鋒相對地道。

「我是在大廳裡。可，大廳是現場嗎？」

「可你去過花魁的套間。」

「你們是在花魁的套間裡抓到我的嗎？不是。那我就不在現場、不在花魁的死亡現場。」

「但，你仍然在天上人間。」

「在天上人間怎麼了？天上人間是娛樂場所。娛樂場所，就是讓人去玩的。」

「花魁死了。整個天上人間，就都可以算作案發現場。」

「好吧，就算我在現場，那又怎樣了呢？」

「在現場，就請你配合訊問。」

「配合訊問？笑話！你們知道我是什麼人嗎？」

「不知道。」

「想不想知道？」

「作為我個人，不想知道。而作為你是嫌疑人，我有責任聽。」

「那我告訴你吧。我在這京城裡，有戶口；同時，我也擁有香港的身份。此外，還有好幾個阿拉伯國家的身份證。」富商得意地道，「我在中原，擁有投資公司；又是北京一個著名樓盤的實際控制人；在滬市，還有一家上市公司。此外，更是數十億中阿基金的掌控人。我的個人資產，多達數百億。你懂嗎？那可是數百億的資產。」

「好的，我都給你記下了。不過，據我所知：在你身上，好像有詐騙的案底，還有涉嫌造假、內幕交易等等。」警四不客氣地道。

「沒見識吧。」富商道，「那不能叫涉嫌造假、內幕交易，而是

工作的需要、職責之所在。懂了嗎？」

「我是不懂，是沒有啥見識。也沒聽說過，有什麼正當的工作是需要造假的；更沒聽說過，有什麼正經的職責是需要搞內幕交易的？」

「有啊。特殊的工作，有時就是需要這麼做。」

「特殊，就可以違法亂紀嗎？」

「概念不清。不是特殊、就可以違法亂紀，而是工作需要、就可以違法亂紀。」

「不還是違法亂紀？因為工作需要，就可以違法亂紀了嗎？今兒，我可真算是長了大見識了。」

「我都給你攪亂了。我的意思是，因為工作需要，就可以暫時不講究、也不考慮規則。」

「這不還是破壞規則、違法亂紀嗎？」

「好，就算是破壞規則、違法亂紀。可，這是因你的地位限制，沒法打開眼界。這麼說吧，你沒有聽說過的多著呢！這懂了吧？」

「也是。因地位所限，我不懂的是還很多。」警四本想說，就是你這種人搞亂了國家，但他沒有說，也不想惹眼前這個人。

「這麼跟你說。我十六歲，就進了一位後來是副國家級高官的家門。這位高官，我不能說出他是誰。但，我可以告訴你——你們歸誰管？歸公安部管。公安部歸誰管？歸政法委管。政法委歸誰管？就歸他管。這下你總該清楚了吧？」

「清楚了。」

「清楚了，那你還不趕緊放我？」

「放你？可以。但，請你配合一下，說說去天上人間的目的；花魁死的前後，你在做什麼、有哪些人可為你作證？」

「我說了半天，你怎麼還沒有明白、還要訊問呢？」

「不訊問，我跟你扯什麼呢？不訊問，我怎麼向上面交代？」

「你怎麼向上面交代，不關我的事。但，有的真的不能說。這

事關國家機密，你懂嗎？即使我說出來，你們也未必敢記錄。就算你敢聽敢記錄，麻煩也一定會找到你。有一種必死的原因，就叫『你知道的太多了』。這懂嗎？」

「不懂。」

「就是你知道了本不該你知道的。」

「本不該我知道的？那我就忘了，不就得了？」

「你怎麼證明你忘了？」

「讓我想想。」

「別想了。無論如何，你都無法證明你已經忘了。能證明的，只有兩種情況。」

「哪兩種情況？」

「一種，就是你死了。另一種，就是你進了瘋人院。」

「別嚇唬我。」

「這可絕不是嚇唬你。」

這真是，各有各的來頭，各有各的門道。一個天上人間花魁之死，攪動了整座京城。

可無論有多大的來頭、多深的門道，案子也總得想方設法去破。

閃回。

一位漂亮的年輕少婦模樣的女人，在前面走著；化了裝的笨哥，在後面遠遠地跟著。

少婦進了趟街邊的廁所，出來已將兩面穿的休閑服反穿了；笨哥不知何時也換了裝，且貼上了胡子、戴上了禮帽，繼續跟著……

閃回。

人山人海的商場裡，少婦遇到位時尚的型男；但從親密程度看，倒不像是偶遇，更像是約會。

一直跟著少婦的笨哥，偷拍著他倆的照片。

閃回。

一家賓館。少婦與型男要了間房間，相互攙扶著上樓去。

匆匆追來的笨哥，問剛登記完房號的服務員：「我妹我妹夫住幾號房？就是剛才那兩位。」

服務員說出了房號，笨哥道了聲「謝謝」。

笨哥出現在賓館的通風管道裡。

少婦與型男不斷變換著姿勢，盡情啪啪；笨哥趴在通風口，拍攝著這對男女的偷情場面。

時代與社會的下海潮、下崗潮，匯聚成一陣又一陣的、拍岸的驚濤駭浪；浪湧過後，留在岸邊上的是沙灘、粉碎如末的細沙。

然而，作為每一個人，誰又能忘得了那大潮洶湧中的一個又一個漩渦？誰又能忘卻自己的人生曾綻放出的浪花？

種種的合力，使笨哥選擇了留職停薪、離開刑警大隊，下來開辦私人偵探所。

私家偵探，是個新興行業，需要人們的認知，更需要社會的呵護。然而，當人們的認知沒有跟上之前，生意不好，這也沒啥辦法。

笨哥偵探工作室的第一單生意，是給一位高官查他的小三，查小三有沒有外遇、有沒有勾搭上別的男人。

在證據落實了之後，笨哥撥通了高官的電話：「我都調查清楚了。請你抽空到我這裡來一下。」

不一會，高官到了。笨哥說了下跟蹤的情況之後，拿出十幾張照片道：「自己看吧。」

高官一看，臉色頓時變了，道：「有沒有搞錯呀？她說愛我，說等我離了婚就嫁給我，還要跟我好好過一輩子。」

「你不信？那好，再看看錄像。」笨哥敲下了鍵盤，電腦上就出現了啪啪的場面，如同雷政富的視頻。

這回，高官信了，且狠狠地道：「我宰了這對狗男女。」

「別別，你先別說這些，請你先付錢。你簽委託調查協議時，只先付了一半，還有一半沒付。你先付清了再說。」

付清費用後，高官道：「幫我宰了這對狗男女，給你十倍的錢。」

笨哥道：「對不起。別說殺人，就是教訓一下，我都絕對不會幹的。我勸你也別幹。如今是什麼生意都能做，唯獨殺人的生意不能做。即使你找別人做，我也會告發你的。因為，只要你做了，就必然會牽連到我。我這是把話說在明處。」

「別告發，我只是說說而已，解解氣。」

「這樣就對了。認清你的女友究竟是怎樣的一個人，這比什麼都重要的。認清後，該結束就結束這段關係。沒有必要太認真。」

「是是是，但心裡不舒服，不解恨呵。一心對她好，卻遇上了這種負心的女人。」

笨哥勸道：「那你有沒有想過呢？小三找型男，負了你的心。可你找小三，你就沒有負心嗎？」

「我特殊情況。老婆對我太不好，太兇了。你不知道，我都忍了二十多年了，受夠了。所以才想出這一招，懲罰一下惡婆娘。」

「別說這些了。我這裡不是法院。我只是善意提醒：認清了，分手即可，沒有必要仇恨。我指的是小三，更不可能勸你離婚。相反，我倒是勸你，是否該去看一看心理醫生。」

「你就能抵半個心理醫生。讓你一說，我的心裡好受多了。你這人真好，我請你吃飯、喝酒，咱們交個朋友吧。」

「不好意思，真沒有時間吃飯、喝酒。我得先掙夠交給單位的錢，而後還得掙錢養活我自己。」

「那好，我以後有事的話，就找你，照顧你的生意。」

「這可以，我還可以給你打折。」

得知笨哥愛上了花魁，笨媽心急如焚。

推了推身邊的笨爹，他竟翻了個身，又繼續睡。沒轍，笨媽只好自己不停地搓自己的骨灰……突然，骨灰堆裡閃現一星藍色的磷光；笨媽乘勢化作了一縷青煙，從盒蓋的邊緣鑽出。

先升到空中，辨別了下方位。笨媽感歎道：「真是：八寶山上只一日，人世間中已十年。這京城的變化，也太大了。」

好在是，笨哥現在的家，已打聽清楚；市局的家屬院，也不難辨別。笨媽騎著輛紅色的鳳凰二六女單車，從雲端直奔笨哥的家。

從窗縫間鑽入，笨媽站到了笨哥的面前，道：「咋樣？我早說過，自古青樓無好女。你查的小三，當初也說如何愛高官，結果還是耐不住寂寞，又在外面勾搭別的男人。你要是娶了花魁，下場也會這樣。」

「媽，啥青樓女不青樓女？」笨哥道，「花魁是賣藝不賣身。」

「啥賣藝不賣身？這種人的話，你也信？難道你跟著她去接客，從頭到尾都看著？笑話，哪有啥賣藝不賣身的？藝都賣了，還不賣身？這種鬼話，你也信嗎？」

「媽，就算花魁賣藝也賣身。如今，這些、對於現代人來說，已經不算什麼了？即使賣身，花魁也是迫不得已的，她的靈魂是乾淨的、是高潔的。」

「既賣藝又賣身了，身子都髒了，還說啥靈魂是乾淨的、高潔的？這種鬼話騙得了誰？只能騙騙你這種傻小子。過去你追警花時，就說非她不娶。我勸過你，結果咋樣？你咋還不吸取教訓呢？」

「我追警花，也沒啥錯呀。」

「就算你沒啥錯，警花也不適合你，她是小戶人家。」

「就你是大戶人家？」

「對，我就是大戶人家的大家閨秀。」

「媽，我不想傷害你，請你也不要用陳舊的門第觀念，阻礙下一代的愛情、婚姻。」

「門第觀念咋成了陳舊的？這世間只要存在貧富之差、官民之別、有名與無名之分，就會有門第的不同；而有門第的不同，就會有門第觀念。一萬年以後也還是這樣。」

「一萬年以後的事，我不知道。我知道的是，單你不在的這十

年，世界已經發生了翻天覆地的變化，觀念也跟從前大不一樣了。」

「你反了？我不允許你娶一個妓女。」

「花魁不是妓女！」

「不是妓女？那她是什麼？」

「是攻關。」

「攻什麼關？攻男人的關？攻褲腰帶的關？」

「瞎吵啥？還讓不讓我安靜地睡會了？」被吵得無法安寢的笨哥他爹，也從八寶山上趕了來，對笨媽怒吼道。

笨哥對笨媽道：「咋樣？你沒理吧？連我爹也不支持你。」

「我也沒有支持你。」笨爹對笨哥道，「我兒呀，你好歹也是將門之子，咋就淪落到這種地步呢？」

笨哥對笨爹道：「你怪我，我怪誰？你也不想想，你走得那麼早？誰來呵護我？」

「你媽是幹啥的？」

「我媽？我媽早讓你們給教育傻了，動不動就是『願做革命一塊磚』，信『一塊磚』的，如今誰家有公司？沒有公司，又哪來的錢呢？」

「不能這麼說，我們就是『一塊磚』過來的。」

「不能這麼說，又該咋說呢？」

「說不過你了。」笨爹回了句笨哥後，拉著笨媽的手道，「走，跟我回去。兒大不由娘。」

旅行。

意大利北部的一座歷史小城——維羅納。

中世紀建築，「朱麗葉之家」。羅密歐曾在朱麗葉家的陽台下，向他一見鍾情的朱麗葉求愛。

入夜。笨哥翻過古色古香的中世紀的圍牆，站在灑滿愛的月光的庭院裡，向著朱麗葉曾經站過的陽台，對著今晚借宿在古堡裡的

花魁，輕聲道：「花魁，你睡了嗎？如果你睡著了，但願我這魯莽的聲音，不會打攪你。我只想對你說說心裡話，傾述一番我對你的衷腸。」

古堡中、陽台裡，花魁也無法入睡，她輕輕地來回走著；最後，坐在一張中世紀的床邊，輕聲道：「笨哥哥，你知道我喜歡你嗎？你知道我一見鍾情嗎？雖然，我明白或許沒有可能，但我仍然忍不住地愛你。我恨自己，做了這古老的、不讓人待見的職業。」

笨哥道：「花魁，千萬不要輕視自己。我不在意你的出身怎樣、幹過什麼，我只在意你，只在意你的今天和我們的未來。花魁，或許我配不上你。我沒有光鮮的外表，腦子笨、思維也很慢，但我是真心喜歡你，我會用我的一生愛你，保護好你。」

花魁道：「笨哥哥，千萬別介意我叫你笨哥哥。我知道你善良，大智若愚、大巧若拙。我是一個普通茶農家的女孩子。父親去世了，我得替他還債、養家。如今種茶的人多，茶葉不好賣。我是誤入歧途，為你，我可以不在乎錢……」

笨哥道：「花魁呀，讓我們衝破世俗、偏見，讓我們相愛吧！直到地老天荒。」

突然間，笨媽又出現了。

「走，跟我回家去，不許你們相愛。」笨媽拉著笨哥的手，屬聲道，「你也不用腦子好好想一想，你們兩個般配嗎？」

笨哥掙脫了笨媽，道：「你與我爸般配嗎？你認識我爸時，我爸已是上將，而你是個資本家的小姐。」

笨媽道：「你這小子反了？敢這麼跟我說話？更何況，我認識你爸時，你爸還沒有授銜，也還不是上將；我雖是個資本家的小姐，但我家裡有錢呀！而你爸，只是一個窮光蛋。」

笨哥道：「我爸那時雖還沒有授銜，但他早已是兵團司令，手下有十幾萬人馬，早晚都會授銜的。你家有錢不錯，可如果不是跟了我爸，你家個個都會挨鬥的。」

「你小子真的是翻天了？我更不許你們相愛了。」

「可我們已經相愛了。」

「你們已經相愛了，也不許你們結婚！」

「不許結婚，我們也要結婚。」

「你們要結婚？這不可能。戶口本在我這裡。我不給你戶口本，看你怎麼結婚？」

「你不給戶口本，不許我們結婚，不許我們相愛，我就死給你看。」

「死呀，你死呀。」

「那我就真的要死了、真的要死了。」

「死還有假的？你死呀。」

笨哥，早料到結局會是這樣。他也像羅密歐一般，預備下了毒藥。被笨媽這麼一激，就毫不猶豫地掏出毒藥，打開瓶蓋一飲而盡。

聽到笨哥要服毒，花魁從中世紀古堡裡跑出來，見笨哥已倒在地上，便嚎啕大哭。

花魁拼命地呼喚著笨哥，笨哥已毫無反應。見笨哥已死，花魁大叫道：「笨哥哥，我隨你去。」

說時遲，那時快。花魁拔出笨哥腰間的手槍，照准自己的太陽穴，毫不猶豫地扣動了扳機。

「呼」地一聲槍響後，花魁倒下，倒在笨哥的懷裡，倒在一片血泊中⋯⋯

「啊──」一聲撕心裂肺的叫喊，笨哥醒了過來。

睜開眼睛，看看四周，發現又在自家的客廳裡、又是靠在沙發上。笨哥這才明白：又是夢。

張富又被搜了一次身，而後，被押往拘留所的牢房。

這時，他想起了昔日在後廚學徒時，進過拘留所的師兄吹噓過的一些經歷與經驗──

閃回。

後廚，張富和張貴蹲在角落裡。

一個手臂上刺著條青龍的師兄道：「大牢裡也是一個世界，那裡面有牢頭等多個等級。要是進去了，就一定要拿出股狠勁來，先嚇唬住他們。否則，就會被黑吃黑，會被牢頭和先進去的人欺負。」

一個與張富和張貴年歲差不多的學徒道：「都是坐牢的，誰欺負誰？幹嘛還要相互欺負？」

青龍道：「說你嫩吧。有多個人的地方，就會有頭。是頭就會有好處，牢房裡也是有好處的。你懂不懂？」

張富的腳剛踏進牢房，身後的門，就「哐當」一聲被推上了；上了鎖後，押送他的警察就轉身走開了。

張富看也沒看牢房裡的人，就脫下上衣，扔在一邊，光著膀子，趴在地上做起了俯臥撐。

一五、十，十五、二十……張富一口氣做了一百多個，才起身穿上衣裳。

「呱唧呱唧。」這時，牢房裡響起一個沈悶而又乾澀的嗓音。

循聲望去，張富見到了一個近四十歲、長著胳腮胡子、臉上還有一條亮光光的刀疤的男子。其他的人，都圍著他坐。

這就是牢頭？張富這麼想著。恰在這時，那男的豎起一根食指，一勾一勾地示意他過去。

張富猶豫了下，但還是挪了過去。

原本還算安靜的牢房裡，突然爆發出了一陣哄笑的聲音。

「露怯了吧？沒事，來，坐。」刀疤不兇，笑著招呼張富在他的身邊坐下，而後問：「你是為啥進來的？犯了啥事？」

「殺人。」

「你也能殺人？」刀疤上下打量了下張富，眾人又哄笑了起來。

如是，張富將天上人間、花魁之死，及自己等等，一五一十地說了遍。

聽完後，刀疤歎了聲，道：「花魁死了，太可惜了。」

「可不是。」張富道。

「可你沒殺她，幹嘛要承認？」刀疤道。

「我怕他們去抓張貴。張貴那脾氣，肯定跟他們幹。萬一，真的被當場擊斃……」

「可你認了，他們就不會去抓張貴了嗎？」

「那怎麼辦？」

「沒事。到時候，你可以翻供；就說是被打了，是屈打成招。」

「可，他們並沒有打我。」

「沒打你，也可說打了你。那邢隊，打的人少嗎？」

「你知道邢隊？」

「太知道了。他在南邊、貓耳洞，打過仗。他倒是真的殺過人，而且殺得還不少。後來，被越南人堵在了洞裡；沒辦法了，就學電影裡的，喊『向我開炮、向我開炮』。就這麼，就成了英雄。」

「你咋知道得這麼多？」

「嗨，知己知彼，百戰不殆嘛！」

「你還知道些啥？」

「還知道，運氣來了，想趕都趕不走。邢隊轉業到京城市局，就被幹部處的大美女喜歡上了，倒過來追他；追他，還調教他，把個一身殺氣、不懂柔情的邢隊，調教得從此食了人間煙火。如是，一邊結婚、生兒子，一邊上刑警學院、深造。在警院，還有個叫警花的校花，一直在追他。」

「真的？」張富問。

「我騙你幹嘛？不僅是真的，而且那個警花還非常的漂亮。」

「有多漂亮？能跟花魁比嗎？」

「你還別說，警花真的不比花魁差。不僅警花不比花魁差，就連那大美女也不比花魁差多少。」

「我不信。世上的女人，就沒有比花魁更漂亮的。」

「井底之蛙吧。那我就套句托爾斯泰話：醜陋的女人，總是一

樣的醜陋；而漂亮的女人，則各有各的漂亮。」

「哇塞，學問呀！」

「學問，談不上。」刀疤道，「但，足可指點你，渡過眼下的難關。」

這麼一說，張富又蔫了，再也沒有說話。

刀疤則自語道：「按說，花魁也確實沒有理由要自殺。可，又會是誰殺了她呢？」

花魁會是自殺嗎？是誰殺了她呢？又為啥要殺了她？這些自己一身都是麻煩的男人們，腦子裡也都在想。

花魁的屍檢報告出來了。

初步鑑定，花魁的頸部有明顯的勒痕，死因為窒息身亡。

花魁的屍體上，除一襲連衣的粉色長裙外，內著粉色的胸罩、粉色的內褲。

雙腳上，均無鞋，也沒有穿襪子。

連衣長裙無口袋，屍體上亦無其他物品與飾品。

屍體的下體及陰道，均無擦傷痕跡，亦無男性的體液。表明死者生前，未受到性侵之類的傷害。

此外，在死者的身上，沒發現有任何的外傷或內傷，也沒有任何的跡象可以顯示死者在生前遭遇到扭打或其他的傷害。因此，從初步鑑定來看，不支持死者被勒死後、再偽造成自縊狀的現場之類的假想。

死者的面色蒼白，眼瞼出血，嘴唇發紺。外耳道壁、鼻腔等處，均有少量的溢血現象；面、頸部有大小不等的淤血點，舌頭微伸，舌骨骨折，頸部有勒痕。

此外，死者瞳孔散大，對光反射消失；腦內組織，亦因缺氧而廣泛壞死。屍體內的血液呈現出暗紅色流動狀，內髒漿膜面點狀出血，內髒有淤血。

解剖結果，據胃壁上的殘留物推斷，死者的死亡時間為，最後

一頓飯之後的 5 個小時前後。胃內食物殘留物、胃壁組織及心髒內血液、肝髒和尿液，均未發現酒精或嗎啡、海洛因以及其他的毒物。

　　法醫鑒定結論，死者症狀，符合自縊死亡之症狀，可排除他殺。

　　「為什麼抓我？為什麼抓我？」張貴一直在急切地問。

　　「你說呢？」審訊的警五道。

　　「我怎麼知道？笑話。我在上課。剛一下課，就被你們抓來了。我哪會知道？」

　　「你在上什麼課？」

　　「你們不都看到了？上夜校，學模特。」

　　「學模特？呵呵，不簡單，你是想當男模嗎？」警五問。

　　「怎麼？不可以？讓你看看我的形體。」說著，張貴欲站起來、走兩步；這時，才意識到自己被鎖在了受審的椅子中。

　　「你們不是雙胞胎弟兄嗎？怎麼就你一人在學呢？」

　　「是雙胞。誰說就我一個人在學？我們兄弟倆都在學。不過，我們只報了一個名、交一份錢，兩人輪流去上課；今天，正好輪到我去。」

　　「嗨，挺精的。」

　　「怎麼，就憑這抓我？可這又不犯法。」

　　「抓你，自有抓你的道理。」

　　「什麼道理？你們亂抓人，我可不客氣、會告你們的。」

　　「你先別談告，先把你自己的問題說說清楚。」

　　「我有什麼問題？」

　　「你的問題，你會不知道？」

　　「我要是真知道，還用得著問你嗎？」

　　「別裝了。」

　　「裝啥？啥裝？」

「花魁死了，張富也被抓了。」

「真的？」

「憑你這口氣，就說明你們兄弟倆，有過預謀。」

張貴不再說話了。他以為，兄弟倆說的玩笑話，被哥哥當真了，且真的殺了花姐。

張貴在想，如果是哥哥真的殺了花姐，那哥哥就一定會被判死刑、就一定會被拉出去槍斃的。

張貴想，父母去世的早，從小到大，一直都是只比自己大一個多小時的哥哥，在方方面面照顧著自己……

張貴在想，哥哥對自己的種種的好；而自己，卻從來沒有為哥哥做過什麼。

突然，張貴道：「花姐是我殺的，與張富沒有關係。」

「好，爽快。早說不就更好？」警五道，「那你說說，是怎麼殺死花魁的？」

「她是怎麼死的？」

「是你殺的，咋問我她是怎麼死的？」

「也是。那就這樣，我先用繩子勒死了她。怕她沒死透，又用刀再抹了她的脖子。」

「你沒有把她吊起來？偽裝成自縊的現場？」

「啥叫自縊？我不懂。」

「就是上吊。」

「哦，懂了。那我剛才說錯了。我是先用繩子勒死了她，而後再把她吊了起來，偽裝成是她自己上吊的。是這樣的吧？」

「人是你殺的人，咋問我呢？」警五道，「而後你就跑了，跑到夜校假裝在上課，假裝你沒有作案的時間？是不是？」

「是的。」

「那麼，你的作案動機是什麼？」

「什麼動機？哦，我明白了。」張貴道，「她太有錢了呀。」

「太有錢，你就要殺她？」警五問。

「是呀！殺富濟貧嘛。」

「那你為何又沒有拿她的錢呢？是來不及了？」

「來不及了。」

「你是聽到了什麼動靜，才逃跑的？」

「記不得了。」

「自己做的事，怎麼會記不得了？」

「別跟我說這麼多，我沒文化。爹娘死得早，從小跟著我哥，在後廚學徒、受氣；直到遇上了花姐，才算過上了幾天好日子。」

「那你還殺花魁？」

「我沒殺。」

「你剛剛說了，『花姐是我殺的，與張富沒關係』。」

「我說了嗎？」

「你忘了？」

「沒忘，但我沒說。」

「白紙黑字。」

「是你亂寫的。」

「你這是在干擾辦案，浪費警力資源。」

「那你現在就槍斃我好了。」

「有辱斯文、有辱斯文，有辱斯文啊！」一位被鎖在被審訊椅中的八十多歲的老者，仰天長歎。

「老爺子，你為何到天上人間，又是怎麼卷入到花魁之死的案子中的？」警六問。

「我說了，能放我嗎？」老者道。

「那得看具體情況。」

「好，我說。我是建築學家、學者，工程院院士。」

「嗯。」

「我家有事，請大家來幫忙；事情辦好了，請大家吃飯。今晚，喝了點酒、吃了飯，大家說要唱 K，那就唱吧；說要到天上人

間，要看看花魁究竟美成啥樣，那就去唄、看唄。誰料，人沒有看到，卻聽說她死了，就正巧被堵在了天上人間裡；而後，就被你們抓到這裡來了。你說，我這冤不冤？」

「說說當時你看到的情景。」

「我啥也沒有看到。我這把年紀了，身邊總有親戚朋友圍著。你說，我能看到些啥？」

「你年紀大了，讓你取保候審，讓你先回去。」

「取保候審？誰保我？」

「請你的太太來保你，可以嗎？」

「請我太太來保我？我太太要是知道了，那還不鬧離婚？」

「那咋辦？請你們單位的人來保你如何？」

「單位？那更不行。教書育人一輩子了，你叫我怎麼去面對同事、又怎麼面對學生？」

「那咋辦？要不，讓街道或社區的人來保你如何？」

「也不行。我們那裡，是教育新區。街道就是大學城，社區就是校園，街坊鄰裡都是幾十年的老同事。」

「那咋辦呢？」

「罰款，我認罰行不？」

「光罰款？那不行，得留下白紙黑字。」

「為什麼非要留下白紙黑字？我都跟你們說清了，就喝了點酒，想唱 K、想看看花魁長啥樣，有啥錯呢？我都認罰了，為何還要這樣不依不饒的呢？」

「不是不依不饒，而是你正好撞上了天上人間花魁之死。」

「花魁之死跟我沒有關係。」

「我也沒有說花魁之死就一定跟你有關係。」

「既沒有關係，那為何還不放我？」

「這是手續。」

「啥手續？沒道理。」

「怎麼沒道理？規定一直這樣的，不能因你而改呀。」

「那，我要見我的律師！」突然，老者想到了律師，道，「對，我要見我的律師。」

「你有律師？」

「有。」

「這不就簡單了，你咋不早說呢？」

「我哪知道自己會被抓到公安局來？要是早知道，我就帶著律師一起去天生人間了。」

「你如果是帶著律師一起去了天生人間，那麼，這會你的律師也被抓了。」

「即使律師被抓了，律師不還是律師嗎？」

「錯。被抓的律師，就失去了律師原有的律師的資格與功能。」

「天上人間不能去，那開它做甚？」

「誰說了天上人間不能去？只是正好你去的時候特殊。」

「照你這麼說，那倒是我踩到了狗屎運啦？」

「是不是你撞上了大運，不知道。但，能攤上這樣的事，也不是很容易的。」

「那我發財了、中舉了，要得國家特殊貢獻獎了？」

「你真的成範進了？」

「你多大了？」警七坐在審訊席的後面問。

「十五。」初中生坐在被審席上答。

「初中生？」

「是。」

「初幾？」

「初二。」

「你怎麼會在天上人間？是家裡的人帶你去的嗎？」

「不是，是我自己去的。」

「什麼？自己去的？」

「對。」

「你到天上人間去做什麼？」

「不做什麼。就是去看看美女，看看花魁。」

「你也知道花魁？」

「是。我們班上的男生都知道花魁。」

「班上的男生都知道花魁？」

「是的，奇怪嗎？」

「不，我是說，你到天上人間看花魁，又打算怎樣呢？」

「我沒有打算，只想看看。」

「看看？那又怎樣？」

「不怎樣。我確實看過了，不就行了嗎？」

「哦，是回學校後，就有了吹牛的資本，是不是？」

「不是吹牛，是我真的看到了。」

「真的？」

「真的。」

「那你說說過程。」

「沒啥過程。吃完晚飯，我就拿著我爸的天上人間 VIP 貴賓金卡，就去了，就進去了。進去後，我就直接上樓，找花魁的套房；找到了，就看見了。哪有什麼過程呢？」

「就沒有人詢問你嗎？比如，不讓你進。」

「有呀。在大門口，那個老門童就攔我了。我拿出貴賓金卡，他看了下，是真的，就沒話說了，讓進了。」

「是你爸的 VIP 貴賓金卡？是不是你偷你爸的？」

「不是偷的。不信，可以打電話問我爸。」

「那你說，是怎麼回事？」

「昨晚，我爸說今天要去香港；我說，你把金卡留給我，我想看看花魁。就這麼簡單。」

「不說這些了，說你看到花魁。」

「也沒什麼可說的呀。」

「那我問你。你看到花魁時，她在做什麼？」

「她沒做什麼。」

「那她看到你了嗎？」

「看到了，她還衝我笑了笑。」

「你進房間了嗎？」

「沒進去。她衝我笑笑，我就給她點了個贊。而後，我就下樓 K 歌去了。」

「怎麼點贊？」

「就是豎起大拇哥呀。」

「她什麼反應？」

「她還了我個贊。」

「沒有了？」

「沒有了。」

「就這些？」

「就這些。你還想要我怎樣？」

「怎麼這麼說話？我想要你怎樣、你就怎樣嗎？」

「是的。」

「那我想要你承認，是你殺了花魁呢？」

「那我就承認，是我殺了花魁。」

「是你殺的嗎？」

「不是我殺的。」

「你不剛剛承認了嗎？」

「是你叫我承認的。」

「我叫你怎樣、你就怎樣？」

「是的。」

「為什麼？」

「怕挨打。」

「我們打你了嗎？」

「沒有，但我怕，怕被屈打成招，而後被錯殺。」

「你怎麼會這麼想呢？」

「我也不知道。」

「你是初中生嗎？」

「是的。」

「現在的初中生，怎麼會這樣呢？」

「這得問你們。」

花魁之死專案組的大通間辦公室裡，燈火通明。

儘管外面是白天，儘管陽光照在南窗沿上；然，陽光終是無法照耀到每個角落。

每個人的能力，亦是如此；即使像太陽，也有照不到地方，更何況不是太陽而是人。刑警們在傳閱、互閱著各小組的審訊記錄。

天上人間花魁之死專案組的工作例會。每個人都在忙碌，一幅和諧的工作畫面。

有的在看打印件，有的在電腦上調閱……所有的人，都只有一個目標，找出花魁之死的突破口。

突然，笨哥打破了辦公室裡的沈靜，道：「這張富的供詞，顯然是在胡說八道。還有他學生兄弟張貴的供詞，也不可信。」

邢隊道：「這一點，大家都能看得出來。」

「那為何還要浪費時間呢？」

「這怎麼能算是浪費時間呢？這些人，都是當天在天上人間花魁之死的現場出現過，都有嫌疑；尤其是張富與張貴，平時還是跟著花魁的跟班。」

「可，問題是，我們從現場帶回來的人有 400 多，如果個個都要過堂，這得過到哪一天？」

「那你說，哪個可以放、哪個不可以放？」

「不是哪個可以放、哪個不可以放的問題，而是應該篩選一下。」

「先審的，不就是篩選出來的嗎？」

「我是說，應該有個總體的篩選。」笨哥道，「審訊、摸底，自

然應該做。但，我總覺得，只盯著手上的這些人，局限性太大了。應該把重點放在調閱監控錄像上，以及擴大排查的面等等上。」

「自相矛盾。」邢隊打斷了笨哥的話，「剛剛，你還覺得 400 多人太多了，這會卻又要擴大排查的面。」

「這是兩回事。」笨哥道，「400 多人，只不過是當晚在天上人間的人。如果花魁是他殺，當晚在天上人間的人，不等於是兇手。常識告訴我們，兇手一定會早跑了，而不一定會在這 400 多人中。」

「我同意。」警花道，「我建議，這 400 多人，用登記制的方式初審一下，而後取保放人，交社區去看管；如有異動，再抓也不遲。」

「是的，我就是這意思。」笨哥道，「我們應當騰出手來，去發現視線之外的、可能已被我們忽略掉的線索。」

「我支持笨哥。把時間與精力，放在比對監控錄像上，收穫可能、也應該會更大些。」有人說。

「我也支持。調閱監控錄像更重要。」

「我支持笨哥。」

「我也支持。」

手續已辦齊全了，刑警去帶三少。

等候的大廳裡，坐著三少的父親紅歌和三少的母親高音。

閃回。

紅歌拎著鳥籠趕到家，來不及放下，就衝進了臥室，大叫道：「不好了，出大事了。」

高音一看紅歌手中的鳥籠，喝令道：「你出去。」

「真的出大事了。」

「真的出大事了，也得把鳥籠拎出去。」

出去放下了鳥籠，紅歌返回臥室，道：「昨晚，天上人間的花魁死了。而三少，正好就在那裡玩。」

「這算什麼大事？死了個妓女，與我們家三少有啥關係。」高音

不以為然。

「可外面已經傳遍了。都說與我們家的三少有關，還說是三少霸王硬上弓，完事後，又想吃霸王餐。」

「不可能。就算三少霸王硬上弓、完事後想吃霸王餐，可他也不會、不可能殺人。自己的兒子，你自己不清楚嗎？」

「我也是這麼想的。但，心裡總是不踏實吧。」

「那還不找你那作家朋友打聽下，他不是跟市局的笨哥老鐵嗎？」

電話撥通了，紅歌道：「作家，昨晚天上人間的花魁死了，據說是他殺。可我們家的三少，昨晚正好在天上人間玩，被一起帶走了。你嫂子想請你，找笨哥打聽一下，與三少有沒有關係；如果沒有的話，趕緊設法把三少給弄出來。」

電話那頭的作家，爽快地道：「沒問題。」

可過了不一會，作家就把電話打了過來，說笨哥一直關機；且說，遇上重大的案件，笨哥確實是有關機的習慣，而改用工作手機。

「不會是作家不肯幫忙？」高音問道。

「應該不會，作家這人講底線。只要不觸及到底線，還是很講義氣的。那笨哥也是這類人。」

「媽！」從號子裡被帶出來的三少，見到紅歌與高音，便是一聲長呼短叫。

高音趕緊迎上去，悄聲問：「有沒有挨打？」

「沒有。」

顯然，高音還不放心，撸起三少的衣袖，看看手腕上有沒有戴手銬的痕跡。

「媽，真的沒有。」

高音還想說些什麼，三少道：「走，回家再說。」

出了刑警大隊看守所的門廳，三少放眼望了遍院子裡的車，

問：「怎麼，沒開車來？」

「你爸說了，這種時候要低調。」高音道。

「你聽他的？」三少叫了起來。

紅歌道：「你是不知道外面怎麼傳的。都說你霸王硬上弓，還想吃霸王餐，把花魁給殺了。」

「扯淡！我們一見如故，都已經是朋友了。只可惜，她死了。」三少解釋道，「我說的是她死之前，我們已經是朋友了。」

「真的？你還有這本事？」紅歌不信。

「你又小看我。」三少道。

「我信。」高音隨後對紅歌道，「這不都隨了你嗎？」

「叫輛車吧？」紅歌岔開了高音的話題。

突然，三少想起了什麼，道：「媽，咱家那本講破案的故事書呢，還在吧？」

「什麼故事書？」高音問。

紅歌道：「他說的應該是小說《福爾摩斯探案》。」

「對對對，就是《福爾摩斯探案》。」

「要那書幹嘛？」高音問。

「破案呀！找出是誰、殺害了我的朋友。」

「你省省吧。都已經給你辦好了去美國留學的手續了，過幾個月就要走了，你還不溫習下英語。」紅歌道。

三少道：「破不了案，抓不到兇手，我就不去留學了。」

「你敢？」紅歌道。

「老爸，你也敢跟我叫板？那好，我媽今晚陪我睡，你去我的房間睡；或者，在客廳裡睡沙發。」

「我沒有叫板。」

「叫了。」

「我是替你媽說的。」

「我媽叫你說了嗎？假傳聖旨。」

「『聖』是指皇帝。懂吧？你媽又不是皇帝。」

「好，這可又是你說的，說我媽不是皇帝。我看你，今晚就去睡樓道吧。」

「好了好了，你就別再折騰你老爸了。這幾天，他也為你擔心得不得了。你就饒過他吧。」

聽到了高音的話，紅歌得意地朝兒子擠了擠眼睛。而三少，則朝他的老爸做了個威脅的手勢，道：「你小心點。」

珊姐剛辦完取保候審，回到天上人間，手機的鈴聲就響了。看了眼呼叫人，珊姐按下接聽鍵，道：「老板，有啥吩咐？」

「出來了。」

「是的，剛出來。」

「怎麼樣，有沒有為難你？」

「還好。」

「生意還能繼續嗎？」

「能。」

「能搞定？」

「搞定。」

「需不需要幫助？」

「不需要。當然，能有暗中相助就更好。」

「好的，那就這麼說。」

「謝謝老板。」

珊姐的話，還沒說完；手機的那一邊，已經挂斷了通話。

都會過去的，一切都會過去的。珊姐的心裡，自然明白。然，畢竟花魁死了，從此消失了。

珊姐的心，如刀絞一般地痛。

閃回。

泊好了車，珊姐向法蘭西酒吧的門廳走去。

四五級台階，她一躍就上去了。

珊姐從小就野，後來又成了武打演員；蹦蹦跳跳於她來說，根

本就不是事。當然，誰若把她當成粗人，那就大錯特錯了。

珊姐不僅漂亮，身材好，那皮膚就更是一絕、一種極致。這麼說吧，能選上她給那著名的國際華人女星當裸替，就是因為身材與皮膚俱佳。而那導演又特善於用光，把珊姐的裸體之美，表現得淋漓盡致。凡看過那電影的人，都讚歎不已。

酒吧裡，是拉拉社區的、每月一次的聚會。

珊姐是雙性取向，喜歡這氛圍。當然，她原本也沒打算怎樣；更何況，那種事是可遇而不可求的。此外，她雖年輕，但經歷多；希望總伴隨著經歷，然，希望越多失望就越多，漸漸，也就不再會想入非非。

然而，當花魁踏進酒吧的那一瞬間，珊姐還是激動不已，且按耐不住，將自尊、矜持、清高、驕傲等等，全都讓位給了人性與對美的渴望與貪婪。

太完美了！簡直是另版的自己。比自己年輕，比自己微微豐腴，比自己多出幾分溫柔，比自己⋯⋯來不及細想，珊姐已情不自禁地站了起來；幾乎同時，花魁也發現了她。

青春，吸引著青春；美麗，迷戀著美麗⋯⋯一見鍾情，沒有說一句話，手已拉在了一起；相互，雙手輕輕地愛撫，目光貪婪地糾纏，兩顆心已彼此交給了對方。

還有必要在酒吧裡呆下去嗎？珊姐拉著花魁，出了大門，上了自己的轎車。

珊姐開著車，花魁默默地相伴著。沿途原本美麗的景色，也變得很無趣了；因為，人世間最美的風景，已在身旁。

終於到家了、終於到了珊姐私人的隱秘空間。雙手，依舊拉著，珊姐用腳、用高跟鞋的後跟關上了身後的門，隨後是緊緊相擁。

摸摸索索，彼此在探索、去除對方身上的阻隔⋯⋯任兩件漂亮的襯衣，在地板上駢儷成一朵雙色花；憑各自身上的小物件，在屋子裡繽紛成一幅浪漫圖。

彼此的唇，尋找著彼此的額頭、耳背、頸脖；相互的手，探索著相互的胳膊、後背、前胸……兩個人神似兩把相互送出暖風的吹風機，把春天送進對方冷寂了很久很久的心。

　　肌膚相親，難解難分。胸脯緊貼著胸脯，溫柔擠壓著溫柔……摩擦生電、生熱流、生麻酥酥的感覺；感覺，又迅捷向四肢、各部位的神經末梢、乃至全身彌散開去。

　　不知是誰先，也無需知道，就已然形成了共振。身體，飄了起來；心靈，飄了起來；魂魄，也一起飄了起來……

　　眼睛，讀著眼睛；心靈，愉悅著心靈。彼此的愛，相互餵養著彼此的饑與渴。相互的欲望，在膨脹中收縮、又在收縮中又膨脹……心河，蕩漾；愛河，泛濫……悸動、顫動、抖動，而後是呢喃、呻吟。

　　最後，是精疲力竭。

　　珊姐，靠在床頭上，花魁倒在珊姐的懷中。珊姐的心裡，突然萌生出一種保護欲。

　　「你是哪裡人，住哪？」珊姐問。

　　「蘇州。剛來京城，還沒有安定下來。」花魁道。

　　「是來京城遊玩的？」

　　「不，想找個事做，我爸的生意失敗了。」

　　「那你想做什麼、會做什麼呢？」

　　「沒有做過，啥也不會。」

　　「願意下海嗎？」

　　「下海？」

　　「這麼說吧，你很討厭男人嗎？」

　　「不。」

　　「那就到夜總會來吧。」

　　「……」

　　「你不是缺錢嗎？」

　　「是的。」

「那就別想了。」

「好吧。」

就這麼，珊姐把花魁引進到了天上人間，並把她打造成了一個能迷倒眾人的花魁。

而如今，花魁消失了，永遠地消失了。

珊姐心中懊悔、內疚，進而是惱怒；她覺得，是自己葬送了花魁。

已無法改變事實和現實而產生的悔恨，像無數條小蟲，在啃食著她的心；珊姐在不停地流淚，為花魁，也為她自己。

閃回。

天上人間。花魁的呈一水的粉色的套房裡，燈光也是粉色的。

珊姐敲了敲門、進入，問：「找我啥事？電話裡不能說，非要我過來嗎？」

「姐，你坐。」花魁道。

「你就快說吧。這會，我還真挺忙的。」

「那我就不說了，改天再說。」

「好，我坐，你說。」

「姐，你說⋯⋯」磨蹭了好一會，花魁還是沒有說出口。

「想說啥？別吞吞吐吐的。」

「姐，你說，笨哥這個人咋樣？」

「動心了？」

「沒有，只是想問問。」兩朵紅雲泛起，浮現在花魁的臉上。

「好人。我哥們的朋友，沒話說。」珊姐道，「但，如果是你喜歡他的話，不合適。」

「如果他也喜歡我呢？」

「也很難。愛情，雖說是兩個人的事；但，婚姻畢竟是兩個家庭的事。」

「那就無解了？」

「應該是無解。再說，你已做了這一行，很難再洗白自己。這，甚至比家庭的烙印還深、還要難以褪去。」

花魁不再吭聲。

珊姐道：「現實就是這樣，你看看我就知道了。我想當間諜、想搞色誘嗎？我不想。可，我說了能算嗎？」

「你不是沒有做嗎？」

「我是沒有做。可，人家把資料提供給你，你能不為自己著想、沒有一點企圖、不想試一試嗎？可，只要一試，不就是間接地、替人家做了試探了嗎？」

「哎，城裡的套路真多。」

「那你就沒有聽說過，『城市套路深，我要回農村。農村已整改，套路深似海。農村路也滑，套路更複雜……』」

「聽說過。但，在我們鄉下，頂多是把一年的精力和費用都賠了進去。不太會有太大的風險。我爸的生意失敗，也是他做了外面的生意、做了他不懂的生意。」

「唉，在沒有看到風險、沒有遇上風浪之前，有誰不想往高處走呢？你就別怨你爸了，他也是為了你們那個家。」

「姐，我沒有埋怨過我爸，真的。」花魁道，「姐，幾乎一切、所有的，都是你教會我的。我知道你為我好，我聽你的。」

「咱姐倆，就不用客氣了。你的優點很多，比如，溫柔、聰慧，肯學、也善於學；在男人的面前，有分寸、很得體，等等等等，非常的多。要不然，怎麼會有那麼多的男人、會甘願拜倒在你的石榴裙下呢？你以為他們真的很傻，有錢沒地方花嗎？」

書房裡，作家斜靠在沙發上，兩眼盯著電腦的顯示屏。

想象力，在漫無邊際中飛翔；可，有時又在拼命地掙扎……邏輯，有時也是種想象力、更宏大的想象力。

想寫得荒誕一點吧，又怕真懂的人太少……一部叫《花魁之死》的長篇非紀實體小說，正在創作前的醞釀與構思中。

顯示屏上，一個文件夾已打開，新建的寫字板上有故事梗概、人物、審訊、愛情戲、案中案、結局、尾聲等一大推，幾十個之多。

突然，手機的鈴聲響了；接通電話，那頭傳來了紅歌的聲音：「哥們，又在忙什麼呀？」

「正在構思一部非紀實體的長篇小說。」作家道。

「是不是打算寫花魁之死？」

「你什麼時候也學會當駭客了？是入侵我的電腦了吧？」

「哪裡，我哪裡會當駭客？是被我猜中的。」

「那不錯呀。你的心理學也見漲了。」

「哥們，我有一事想求你。」

「你說。」

「你是不是也想破花魁之死這個案子？」

「怎麼說？」

「那我建議你，搞一個民間的破案小組。這個小組，你得把我家的三少帶上，讓他歷練歷練。」

「哈哈，你家三少都恨死我了，還願意跟我混嗎？」

「那是嘴上說的，心裡其實很佩服你。」

「得，我可是伺候不起。」

「呀呀呀，哥們，你這就不夠意思了。我讓他自己跟你說吧。」

那頭傳來三少的聲音：「哥們。」

「哈哈，你爸跟我是哥們。怎麼，你也跟我是哥們？這是不是有點亂套了？」作家笑道。

「好，我叫你聲叔，總可以了吧？帶上我一個，求你了！」

「帶上你可以。但，關鍵是我不搞啥破案小組。」

「你是不搞、沒有搞。可是，你和石叔他們一出手，實際上就形成了這麼個小組。難道不是嗎？」

「哇，你這可是在害我呀！照你這麼說，那我豈不是更應該被監控起來了？我現在的日子已經很不好過了。」作家道：「QQ，不

斷地被不同城市的駭客入侵，天氣預報上就能反映出來；電腦主機也一樣，甚至是有時我寫作時，竟然還有人跟我爭奪鼠標的控制權。」

「叔，我不是這意思。我是堅決反對監控民間的，這你也應該知道。我說的是，你實際上有這樣的能量。上次，你一挑頭，我不就進去了？大報上說的，都沒有你說的管用。」

「哈哈，那是真理、正義，在哪一邊的問題，而不是嘴大嘴小的問題。你說是不是？」

「所以嘛，想跟你學學。」

「跟我學，可以。但，我真沒有、也不打算搞什麼破案小組。」

「叔，你真不夠意思。說了半天，又回到了原地。」

「這樣，讓你爸，把我的手機號碼給你；當你想到啥、又邁不過去時，隨時可以找我。這樣，總夠意思了吧？」

「那好，謝謝叔！」

放下電話，作家點上了一支煙，重新收拾被打斷了的思路。

可，還沒等完全拾起來，手機的鈴聲又響了。接通電話，那頭傳來珊姐的聲音：「哥們，我一會過來。」

「別。」

「怎麼啦？」

「我正在構思一部長篇小說，家裡特別亂。」

「怕啥？正好幫你收拾。」

「你幫我收拾？家裡是收拾乾淨了，可思路只怕就沒法再收拾回來了。」

「也是。那我現在，跟你簡單說幾句花魁之死，行嗎？」

「可以。」

「你肯定對花魁之死感興趣。如果你寫小說，一定會安排花魁是被殺、他殺，是這樣吧？但，你會安排她被什麼樣的人、以及被什麼樣的手段所殺呢？」

「我正好想問你。你是從小在特工的環境中長大的，你應該比

誰都清楚──致死的表面現象與致死的真實原因的不同、不一致性，這才是最高級的。是不是這樣？」

「是的。」珊姐放緩了語速，道，「那麼，殺死花魁的人，就應該是在一般意義上想不到的；而殺死花魁的手段，也應該是尖端的，甚至是高科技的。」

「謝謝你提醒了我。」

「該我謝你。」珊姐道，「哪天聚一聚？叫上你那笨哥兄弟？你看如何？」

「好呀！」

「那就這麼說，我先挂了。」

教授的書齋裡，四面牆有三面半是從地面一直到屋頂的書櫥，書櫥裡整齊地碼放著四書五經之類的線裝本及一些英文的精裝本。

邢隊像風一樣進了教授的書齋，而後將屁股扔在那寬大的、松軟的沙發上。

「老規矩？」教授起身，在酒櫃拿出瓶紅酒和兩只高腳酒杯；開瓶、斟酒，將一杯遞給邢隊。

搖一搖，嗅一嗅，品了一口後，邢隊又回味了下紅酒留在口中的味道與香氣，這才道：「今天，好懸呵。」

「怎麼了？」

「笨哥質疑我的破案方式。」

「可他說了不算。」

「警花糊塗，竟也站在了笨哥的一邊。」

「真的？」

「可不，還有不少人也支持他。」

「早該把他擠出去了。」

「我原是希望他在，就在他的眼皮子底下，扳倒王副。這樣要他，才特有意思。」

「愚者之見。扳倒王副，才是最最重要的。」

「這我當然知道。」

「那笨哥在不在又有什麼關係呢？」

「讓這傻子給我當保護層。」

「可萬一被他發現了啥，這不反而就壞了你的大事？」

「怕就怕這樣。」

「所以，你就不能再猶豫了。」

「我清楚。」

京城西城區裡的某小區裡，夕陽與往日的一樣紅。

邢隊出現在小區裡。

在大院裡轉悠了一圈，邢隊又回到小區的大門口，掏出一支紫色的塗鴉筆，在綠色的快遞寄存櫃的面板上，漫不經心地寫下了「風向南吹」幾個字。

而後，邢隊看了看四周，離開去。

沒一會功夫，小景出現在寄存櫃前，看了眼邢隊留下的幾個字後，他也看了看四周，沒覺著有人在注意他，便伸手擦去了那幾個字。

隨之，小景也在大院裡轉悠了會，確定沒有人在注意他之後，便消失了。

下半夜，沒啥生意了，幾輛出租車像約好了似的，開到路邊的臨時洗車點；把車交給洗車的農民工後，幾個的哥聚在一起聊開了。

換成農民工打扮的小景，拎著個桶、拿著條抹車的毛巾，混在洗車的農民工之中。

不一會，小景以「借個火」為由，與的哥們接觸；散了一圈煙之後，便與的哥們混得熱絡起來。

如是，他把話題引了天上人間花魁之死上。

天上人間花魁之死，原本就是京城裡的熱門話題；的哥們，又愛聊、肯聊，且無所不知。如此，聊到邢隊、笨哥等等，就是再正

常不過的事了。

　　沒有人意識到，小景漸漸主導了閑聊，潛移默化地在放料。

　　如是，大家就都知道了，市局刑警大隊的天上人間花魁之死專案組裡的笨哥，一直在暗戀著花魁。

　　天上人間，一間頂級的豪華包廂內。

　　珊姐招呼作家、笨哥落座，漂亮的女服務員送來一個水果拼盤、一瓶紅酒、一盒軟中華香煙。

　　女服務員正准備打開紅酒，笨哥制止道：「別喝了吧。我在辦案期間，不喝酒。」

　　珊姐問：「那喝點啥？是果汁，還是飲料？」

　　「咖啡，美國黑咖啡。」

　　「你呢？喝點啥？」珊姐問作家。

　　「綠茶一杯，最好是龍井，絕對不要大紅袍之類的。」

　　女服務員退了出去，珊姐打開了卡拉 OK 點歌系統，問：「想唱什麼歌？」

　　「我五音不全。」笨哥自黑道。

　　「你呢？」珊姐問作家。

　　「我也是跑調王。」

　　珊姐關上了卡拉 OK，放下遙控器；笨哥卻隨手撿了起來，打開了點歌系統。

　　「你不是不想唱嗎？」

　　「看看畫面，也是好的呀。這樣，會更有氣氛。」

　　「哇，懂情調了。」作家笑道。

　　「就你懂？」笨哥回道。

　　女服務員送來了一杯咖啡和一杯綠茶，珊姐道：「那我也不喝紅酒了，給我來一杯雞尾酒吧，要藍色妖姬。」

　　女服務員又出去了，珊姐問作家：「要不要給你叫個小姐？」

　　「警察叔叔在這裡，你也敢問要不要叫個小姐？怎麼，你這天

上人間是不是想關門了？」

「沒事的。如果是天上人間也關了門，那整個中國、就可能找不到夜總會了。」

「你就吹吧。」

「這可不是吹，而是會辦事。你看我，怎麼不問笨哥要不要叫個小姐呢？」

「因為，你不敢腐蝕警察叔叔呀。」

「別扯了，正經點。我去給你叫一個來，最漂亮的，僅次於花魁，怎麼樣？我買單，算姐請客。」

「還說敢正經點？有你這樣做女朋友的嗎？」

「我又不是你的女友，我們只是心靈伴侶。」珊姐道，「何況，我也不在乎這些。」

「那也太大氣了吧？」作家笑道。

「我就大氣，咋啦？」

「別別，我這人欠教養，又把持不住，會把你這地方弄得烏煙瘴氣的。」

珊姐笑道：「你這算是自黑呢？還算是腹黑？」

笨哥道：「他這人，就是沒正經。」

「不對吧。是不是應該加上句：在該正經的時候，超級正經。」

「可有正經的時候嗎？」

「也許沒有。」

女服務員送來了藍色妖姬，珊姐道：「把門帶上。不叫的話，別進來打攪。」

女服務員點點頭，出去了。珊姐打開軟中華，彈出一支，先遞給笨哥；再彈出一支，遞給作家。

作家道：「這煙沒勁，我還是抽我自己的吧。」

珊姐也拿出自己的摩爾煙，點上。三人三支煙，包廂裡頓時煙霧裊繞，如在雲霧山中。

珊姐起身，調大了通風換氣系統，而後坐下道：「是不是該談

正題了？」

「需要開場白嗎？」作家笑道。

「你那個理論，怎麼說來著？」珊姐道。

「在刑事案中，『致死的表面現象與致死的真實原因的不同、不一致性，這往往才是最高級的。』」作家道，「包括兇手，以及兇手殺人的手段等等。」

笨哥道：「照你的這個理論，那麼，最有可能殺死花魁的人，就是你、我，以及珊姐？」

「還可能是，邢隊、警花、三少、富商等等。」作家道。

「我不以為然。」笨哥看了眼珊姐道。

「我倒是覺得很有道理。且因此而腦洞大開。」珊姐道，「這樣的話，殺死花魁的手段，也一定很不一般。比如，很可能會用上神經性致幻毒劑一類。」

「什麼？啥是『神經性致幻毒劑』？」笨哥很有興趣地問，「你說說，比如它的特性、功能等等。」

「一種可以導致神經紊亂的水劑，也有粉狀或片狀。它可以使被下毒的人，產生幻覺。功效類似於海洛因之類的毒品，這是一種高科技的合成劇毒藥，主要用於謀殺。它與其他毒品不一樣的，是吸食普通毒品後產生的幻覺，一般是非指定性的、無規則的興奮；而神經性致幻毒劑，它產生的幻覺，是指定性的，表現為憂鬱，且可引導被下毒者去自殺，形式有割脈、自縊等。」

「哇，漲姿勢！這不就是專業的高級殺人工具與殺人手段嗎？」笨哥道。

「所以，我才會說作家的理論非常有道理。」珊姐道，「因為，致死的表象與真實原因的不一致性等等，正好描摹與概括出了這一類新的謀殺性的毒品、及新的理念與新的方向。」

「那我也支持新理論。」

「有了理論，並不等於就能夠破案。」作家道。

「又來了，假謙虛就是一種賣弄。這很符合你的個性，也是你

這類偽君子的重要特征。」珊姐笑著黑作家。

「這該屬於打情罵俏了吧？」笨哥對珊姐道，「你還讓不讓我這光棍在這坐會了？」

「別跟她一般見識。」作家拍了拍笨哥的肩，道，「她是在娛樂圈裡混的，能一連幾個小時、不間斷地說黃段子。那些黃段子，可比海洛因要毒一萬倍。知道《紅樓夢》裡的秦可卿嗎？」

「知道。」

「她的段子，就堪比秦可卿。」

「哦，懂了，也是殺人的刀子，一把軟刀子。是吧？」

「對了，你不說軟刀子，我幾乎都忘了。」作家道，「紅歌和三少，就是他爺倆，來電話，都說我有能力組成民間的天上人間花魁之死的偵探小組。」

「這可不是什麼好話。」

「我知道。」

「這不是暗指地下的、非法的組織嗎？」

「是，但未必是他們的本意。」

「是不是本意，都不是好事。這就難怪，各方勢力都在監控你、想了解你的動向了。」

珊姐道：「你就沒有想個辦法，扭轉一個角度，讓各方勢力都想把你拉進他們的智庫裡面去？」

「我也想過。但，想與能做到，並不是一回事。」

「那先忙花魁之死案。忙好了，把這個問題也解決下；不然，也太被動了。」

「那就仰仗諸位了。」

清晨的氣息，在街心公園裡彌漫。

空氣，像是吸足了露水；一輪朝陽，剛剛從地平線上升起。

一人多高的樹枝上，已掛滿了各式各樣的鳥籠；小鳥在各自的方寸間歡快雀躍，向臨時的鄰居們「嘰嘰喳喳」地打招呼。

　　遛鳥的老爺子們，三三兩兩地紮堆閑聊著；或獨自在附近活動著腿腳，時不時插上一句。

　　也有不喜熱鬧的，不參與閑聊；然，即便嘴巴不參與，耳朵也不會閑著。

　　腰板筆直，紅歌提溜著兩只鳥籠來到公園。尋挂鳥籠的地方時，眼睛也與熟識的遛鳥的一一招呼著。

　　那位常與紅歌捉對兒侃大山的遛鳥的，壓低了聲音道：「來啦，聽說了嗎？難怪天上人間花魁之死的案子破不了，知道嗎？那破案的警察裡有一個追求過花魁，是花魁的曾經的愛慕者，懂了吧？」

　　「不懂。愛慕者，那不是更便於破案嗎？所謂愛慕者，應該對破案更有積極性，難道不是這樣嗎？」

　　「你這人，真不懂法。第一，愛慕者就相當於是近親，那是應該主動回避的。」

　　「那第二呢？」

　　「第二，愛是種非常微妙的情感，尤其是愛情，往往會由愛生恨。這曾經的愛慕者，為何不追了？多半是被花魁回絕了。而被回絕了，則一般都會由愛生恨，懷恨在心等等。」

　　「照你這麼說，豈不是就這個曾經的愛慕者、殺死了花魁嗎？」

　　「嗨，你別不服氣。沒准，就可能是這樣。」

　　「沒根沒據。」

　　「你可別說沒根沒據，我說個有根有據的給你聽聽。據說這愛慕者，還是個開國上將的小兒子。如果不是開國上將的小兒子，他又憑什麼進市局呢？」

　　「開國上將，是誰家的？」

　　「不知道。」

　　「不知道？排排不就知道了？開國上將一共才五十幾個，一排不就清楚了？」

「排這幹嘛？費這事。反正，這小子沒啥真本事。」

「你咋知道沒有真本事？」

「據說，這小子，是刑警學院研修班的。」

「這不正好證明人家有學曆嗎？」

「這算啥學曆？這叫不能勝任工作，被派去進修一段時間。」

「咋啥到了你這兒，就都有理了呢？」

「我兒子說的，我是他爹。」

「你那寶貝兒子，當的哥真的是太屈才了；應該去大學當教授，教教政治啥的。」

「敢拿我兒子開涮？你可別怪我說你家三少。」

「好好好，不說不說。」

第二天清早，紅歌提溜著兩只鳥籠，來到街心公園，找個地方挂上鳥籠；沒等那遛鳥的來找他，便挺著腰板找了過去，道：「你昨天所發布的，基本上都屬於虛假新聞。」

「咋？」

「你埋汰的笨哥，是我哥們作家，當年的戰友。我下面說的，是正道新聞。」

「憑啥你說的就是正道？」

「一憑人家作家的人品，二憑人家至今都是笨哥的老鐵。」

「那你說吧。」

「第一，笨哥的爹是開國上將沒錯。但，不是一般的上將，人家是近二十萬人馬的兵團司令，野戰軍的主力。」

「那是他爹。」

「第二，79 自衛反擊戰時，笨哥已被提升為正營，可他偏要親率尖刀連開路、打頭陣，攻下涼山時，全連傷亡已過半。回撤時，他又率部作後衛，戰友們全都犧牲了；連他自己，也被打斷了雙腿，硬是憑著兩只胳膊、拖著兩條斷腿，一點點地爬回來的。」

「真的？」

「那還有假嗎？人家，可是真正的鐵血漢子。」

「那是。」

「第三，笨哥轉業回京城，分在市局，沒有任何背景。因為，那時他爹已經去了八寶山。讀刑警學院研修班，是組織的安排。你吹的那邢隊，就是笨哥的同期同學；當初，他倆也還算是哥們。」

「我沒吹邢隊。」

「你昨天刻意貶低笨哥，不就是在吹邢隊？相反，邢隊當時已經結婚，娶了大美女。而笨哥追警花時，邢隊還插一槓子、跟警花玩曖昧。至今，邢隊也沒有跟大美女離婚，卻又跟警花不清不楚。這是不是品質問題？」

「你這也太明顯了，明顯是為笨哥說話。」

「至少我說的都是事實。」

「你不會編，我信。但，這不等於那作家不會編。作家，不都是靠編混飯吃的嗎？」

「人家，那相當於搞藝術，屬於合理的想象。不至於造謠，不像你兒子。」

「你說我兒子造謠？」

「我沒有說。」

「說了。」

「沒有。我的意思是：你兒子好，有一技之長，會開出租──中南海的事，知道一半；京城裡的事，全都知道。」

「你又諷刺我？」

「我這是諷刺嗎？我是在奉承。」

「那我兒子，也總比你兒子好。你兒子……」

紅歌一把捂住了那遛鳥的嘴，笑道：「好好好，逗你玩的。你兒子好！啥也別說了，行嗎？」

有時，傳聞什麼都不是，只是傳聞；而有時，傳聞卻是種輿論，像一把殺人的軟刀子。且，被殺的人，還未必知道所以然。

這不，笨哥就突然接到命令，莫名其妙地離開了天上人間花魁之死專案組。

白天，沒啥事了；夜晚，就更不用再加班。這對於至今還單著的笨哥來說，有點突然，甚至是有點殘酷。

笨哥換了身便服，出了刑偵大隊的辦公樓；晃晃悠悠地在大街上走著，仿佛喝醉了酒。

其實，他已經很久沒喝酒了，更是很久很久都沒有喝醉過了。

花魁究竟是自殺、還是他殺？如果是自殺，她為什麼要自殺？如果是他殺，那麼，是仇殺、還是劫財，或是劫色？到底又是誰殺死了她？是熟人作案、還是生人作案？為何非要她死？究竟是什麼人？又是什麼動機、什麼目的？她的手機上，最後一個與她通話的，到底是誰？是她打出去的，還是誰打進來、打給她的？等等這些，為何沒有人關心？這正常嗎？專案組到底想破案、還是想坐失良機？

就這麼想著，不知道走了多久。忽然，覺著眼前一亮，也有了一種親切的感覺。

抬頭一看，笨哥才發現，自己已不知不覺地晃悠到了天上人間的牌樓下。心裡想著，就沒有管、也沒管住兩腿。笨哥自己也笑了。

正打算往回走，突然又想：來都來了，有啥好怕的？再說，咱已離開了專案組，更不用避嫌了。難道不是嗎？

就這麼想著，笨哥走過身邊一輛輛高級轎車，又一步步踏上高高的台階。門童畢恭畢敬為他打開大門，他也沒任何表情或表示；因，他又在想：是自殺、還是他殺？是仇殺、還是劫財，或劫色？是誰殺死了她？是熟人作案、還是生人作案？

進了門，分立兩邊的迎賓小姐齊聲道：「歡迎光臨。」

笨哥也似沒聽見。他下意識地踏著紅地毯，走過大廳、走上樓梯，而後走向吧台。

遠遠地，珊姐已注意到了笨哥。

　　本想過來打個招呼，但走了幾步後，珊姐還是站住了，只是給吧台裡的那幾個服務生遞了個眼神，讓他們好好招呼笨哥。

　　在吧台前的高腳凳上坐下，點了一杯雞尾酒，笨哥心不在焉地把玩了一小會，而後一仰頭、一口喝了下去。

　　「帥哥，不請我喝一杯嗎？」突然，一個嬌滴滴的、少婦的聲音悠蕩了過來。

　　「憑什麼請你喝一杯呢？」笨哥頭也沒有回。

　　「帥哥，你不需要我嗎？」

　　笨哥這才回過頭來，打量了下少婦，道：「你又不是賣的。」

　　「你這人說話，咋這麼難聽？」隨後，少婦笑道，「對你，沒准可以例外。」

　　「你肯賣，我還不願意買呢。」

　　「不能這麼欺負人吧？還不趕緊請我喝一杯？」

　　「請就請，多大的事？」笨哥朝服務生比劃著：給自己再來一杯，也給少婦來一杯。

　　「謝謝！」少婦接過酒杯，對服務生道；自然，也是對笨哥說的。

　　「是台灣人吧？」笨哥問。

　　「你怎麼猜到的？」

　　「聽口音。」

　　「口音？我這可是正宗的京腔。」

　　「你這也算是京腔？還正宗的？是台灣老師教的吧？」

　　「咯咯。」少婦笑個不停。笑夠了，少婦示意服務生：給笨哥和她自己，再各來一杯。

　　「我是土生土長的台灣人，在寶島開了家貿易公司。」少婦道，「這些年大陸發展得快，我就過來了，開了兩家子公司。誰料，這邊的生意好做，如今的業務都超過了母公司。」

　　「有錢了，就耐不住寂寞了，是不是？」

　　「沒有的事。」少婦笑道，「這是我平生第一次搭訕帥哥，便吃

了你的閉門羹。羞死了。」

閑聊著，你請一杯、我請一杯……不知不覺，兩人已酩酊大醉。

少婦要買單，笨哥道：「誰請的誰付。」

「分不清了。」服務生道。

「那就 AA 制。」

付了賬後，少婦欲扶笨哥去開房，醒醒酒。笨哥右手模擬成手槍，食指頂在了少婦的肋下。如果真開槍，這一槍的子彈，能打穿心髒，也能穿過身體、再打穿腦殼。

少婦笑著與笨哥對視了一下。笨哥這才發現：少婦的手早已在自己的顎下，手指上那冰涼的鑽戒正頂著自己的頸動脈。如果手裡握著利刃，此刻頸動脈就已被割斷；如果鑽戒上有劇毒，這時也大約毒侵全身。

棋逢對手。笨哥心裡這麼想，嘴裡卻對服務生道：「去，把珊姐給請來。」

說完，兩人攙扶著、且扶著吧台，才能站穩。

待珊姐到時，少婦早已醉得不省人事。笨哥道：「找人給她開個房，醒醒酒，好生照看著。」

珊姐派人將少婦挽了去，而後問笨哥：「你也一起去吧？」

「我不去。」笨哥道：「你，把我、放在大廳的角落裡，別讓人、打擾我。」

如是，笨哥被架到了樓下的角落裡。

不知過了多久。突然，珊姐跑來搖醒笨哥，道：「那個少婦跑了，自己跑了。」

「怎麼會跑了呢？都喝成了那樣，怎麼可能自己跑掉呢？」笨哥的酒，也驚醒了一多半。

「我也納悶。」珊姐道：「派去照看她的人說，只是上了個廁所，且還是就在套房裡，出來就不見了人影。」

「快，去監控室，調看錄像。」笨哥極職業地道。

跟著珊姐來到監控室，把相關的錄像都調看了個遍，也沒能找出破綻——樓道裡、大廳裡、大門口，竟都沒有出現過那少婦的身影。

台灣？少婦？笨哥的腦子裡突然鑽出個念頭：難道是、台灣軍方的情治部門，看上了我？

這麼一想，將自己也嚇出了一身冷汗。

甚怕精明的珊姐，也會意識到什麼。笨哥就找了個借口，離開了天上人間。

太陽剛剛落山，天邊還飄著一抹晚霞。金紅色的晚霞，輝映著蔥綠的山。山不高，江南的丘陵地帶都這樣。

山的那一邊，是太湖。

村落不小，當是早年繁華過，只是如今已凋零。

老宅是青磚的，約有一二百年了。門楣上有塊磚刻的浮雕，凸起的字是「耕讀人家」。

想來，花魁的祖上，也是讀書人；有無功名，就不知道了。

閃回。

高鐵一路向南，一路筆直地向南。

車廂裡，坐著笨哥；獨自坐著，沒跟鄰座的說話。

既已退出了花魁之死專案組，笨哥就乾脆休了年假，一是他放心不下沒有了花魁接濟的花媽，二是自己也可療一療傷、撫慰下心靈上還在流血的傷口。

閃回。

笨哥坐在花魁的套間裡，一句話都沒有說。

笨哥不是沒話說，而是不知道說什麼好；且，他連手腳都不知道怎麼放、放哪裡是好。進門後就一直這樣，兩眼直勾勾地看著花魁，把原本大方的花魁也看得局促起來。

那是第一次，是笨哥第一次見到花魁，是花了 5000 元人民幣，

買點進來的。

可坐了半個小時都沒到，笨哥就要走，說怕耽誤了花魁掙錢。

花魁把笨哥送到門口時，說了句：「笨哥哥，下次來時，就直接來找我，不用買點。」

閃回。

找到蘇州，找到了花魁給花媽買的別墅。別墅，卻空置著，庭院也已荒蕪，長滿了草與各色野花。

問後方知：花魁生前，待鄉親們極好；鄉親們也實誠，知道花魁死了後，就幫花媽打掃了老宅，已把她接了回去。

租了輛小車，往桃源鎮開；不斷地停下來問路，不斷地開。

找到花魁家的老宅時，花媽已在場院中吃過了晚飯，正收拾了准備去洗碗。

「花媽。」笨哥叫了聲後，便緊緊地握著了花媽的雙手。

「警察叔叔，你這……」花媽這麼說。

「不能這麼叫。我跟花魁平輩。」笨哥道：「花魁叫我笨哥，您就叫我小笨吧。」

「小笨？這不好。那我也叫你笨哥，隨花魁叫。」

「也行。」笨哥道。

就這麼，笨哥和花媽聊了起來。

笨哥知道了，花魁小時候就漂亮、聰明、愛學習。寫作業，不用人催，也不用大人檢查，還每次考試都滿分、都是第一。在班裡，是當班長；在學校，也當啥幹部。

也知道了，花爸種茶、做茶葉生意。可，後來種茶的人多，茶葉不好賣。賣茶葉，也各家有各家的路子，各家有各家的手段。江南的茶，又講究新，脫手晚了價格就下去了。所以，花爸就學著做期貨，還做點金融。

開始，也賺了不少。花爸的心，就養肥了。誰料，生意場上到處是陷阱，一不小心就掉了進去。喊，也沒處喊；叫，也沒法叫。就這麼，一個殷實的家沒有了，還欠了下好幾百萬。

　　花爸沒臉回來，就在外面跳了江，連骨灰都沒有留下。

　　這麼，花魁才不得不出去掙錢。

　　誰料想，債剛剛還清，城裡的大房子也才裝修好；好日子還沒過上幾天，花魁就也沒了、走了。

　　花媽傷心，笨哥陪著傷心；花媽難過，笨哥陪著難過……終於，花媽緩過來了，笨哥道：「花媽，別擔心，還有我呢。我會像兒子一樣孝敬您的。」

　　「是嗎？」花媽道。

　　「是的。」

　　「既然如此，花媽有句話，你可要記住。」

　　「您說，我會記住的。」

　　「花媽文化不高，可老百姓也有老百姓做人的經驗，這就是：做人不能太得意。」

　　「我記住了，『做人不能太得意』。」

　　「知道為什麼嗎？」

　　「不知道。」

　　「你想，花爸一得意，就掉陷阱裡了。花妹一得意，又沒了。所以呀，花妹在蘇州給我買大房子時，我的心裡呀，就別提有多麼地提心吊膽了。」

　　「哦，我明白了，我會注意的。」

　　「記住就好。」

　　笨哥道：「花媽，您早點休息吧，我也該走了，要回去了。」

　　花媽道：「太晚了，你回去、回哪去？就在這，住一晚。花魁的房間很乾淨的。」

　　這麼，笨哥又去了花魁的房間。

　　看了會，笨哥還是對花媽道：「不住了。就這樣保持著，保持著花魁收拾的樣子。我還會再來的，還會來看您的。」

　　花媽道：「有這份心，就謝了！不用來。鄉親們對我很好的，每天都會有人過來看看我。」

「珊姐，今天可是托你的福。來，走一個吧。」作家道。

「我有這麼大的面子嗎？」珊姐笑道。

「別說這麼多廢話。來來來，都走上一指。」笨哥端起酒杯，和作家、珊姐都碰了碰。

珊姐道：「這可是茶杯，一指至少得有一兩多。」

說話間，笨哥已下了一指多。

離開專案組，手上沒案子要辦，暫時閑著的笨哥，還是能喝、也好喝兩口的。這不，整了幾個菜，就把作家和珊姐叫了來。

酒過三巡，笨哥道：「你倆先喝，我再炒兩個菜，去去就來。」

看著笨哥的背影，珊姐對作家道：「其實笨哥這人挺好。當初，除了歲數大點，其他的條件都不比邢隊差，警花為何不喜歡他，偏要給邢隊當小三，且一當就是這麼多年？」

「愛情是最難說得清的，我試著說說。」作家道，「警花是個軟妹子。她喜歡的，應該是既有霸氣的一面，又是個暖男。其他的，在她看來應該不算什麼。作為剛從戰場上下來的笨哥和邢隊，兩人都不缺霸氣。而暖男，笨哥就明顯不具備了。邢隊呢，剛好被大美女調教出來。警花，算是撿了個現成的。當然，或許邢隊也想拿警花試試身手。」

「有些道理。」

「至於家庭條件，我倒是覺得相反：笨哥恰是被出身所累。因為，你們這些大院的孩子，習慣了別人的仰視；所以，即使心裡喜歡誰、想對誰好，也不一定能夠表達得准確和做得好。」

「怎麼又扯到了我？」

「還有，笨哥雖比邢隊年長，但就談對象這一點上，他並不成熟。而邢隊，也未必把笨哥當哥們。這樣，笨哥就把自己喜歡警花和警花身上的種種好，啥都跟邢隊說了；而邢隊畢竟是男人，難免會動心。」

「說得好。」

「至於警花，當是初戀，所以愛情中才會有柏拉圖的成分。也

就是說，她早在少女時代就有個想象中的白馬王子；而邢隊恰好符合，她就奮不顧身、不計後果了。其他的，應該是偷食禁果後的越陷越深。」

「那警花也真傻。」

「傻嗎？未必。在愛情中講道理的，往往很難獲得幸福感；而只設底線、只要另一方不突破底線，便陶醉並享受在其中的人，幸福感也一定會倍增。」

「照你這麼說，只要邢隊不突破底線，警花就一直會在夢中、在美好的想像之中，甚至是一輩子？」

「柏拉圖式的愛情，都有人能守一輩子；半柏拉圖式的愛情，咋就不可能守一輩子呢？何況，警花是軟妹子，身上還有種依賴。」

「服了，你就是柏拉圖吧？比警花還警花。」

「哈哈。」作家被逗樂了。

「樂啥？是不是又在說我的壞話？」笨哥端著兩盤剛炒好的菜，回到席間。

「沒有。」作家道，「珊姐剛說了，花魁可能是被邢隊殺害的。」

「哈哈。」這回，是珊姐樂壞了。

「有證據嗎？」笨哥信以為真，一本正經地問。

珊姐看著笨哥剛端上來的兩盤菜，便信口瞎編道：「邢隊就喜歡別人的菜。你喜歡警花，他就拿下警花。你喜歡的花魁，他又想拿下花魁。可這一次，花魁沒有讓他得手；一怒之下，他就殺了花魁。」

「扯談！」笨哥道。

「你先別否定。」珊姐繼續調侃道，「邢隊，只是兇手；而主謀，應該就是你笨哥。」

「更瞎扯！」

作家道：「即使你不是主謀，也是幫兇。」

「我怎麼又成了幫兇呢？」

「你追警花時，是不是什麼都跟邢隊說、什麼都要商量？」

「是。」

「那你豈不是在輸送情報、幫助他做功課嗎？」

「也是。唉，那時年輕，傻呵。」

珊姐道：「邢隊會不會、一開始就沒有打算跟大美女過一輩子？」

「有可能，且是三種可能：一、性格不合。大美女太強勢，邢隊不喜歡。二、性生活不和諧。邢隊滿足不了大美女，且無法調教。三、邢隊已感覺或發現自己被綠，但大美女有利用價值，先對付著過。」

「在我這裡老是說邢隊，不好吧。我請你們來喝酒，不是請你們來說邢隊的。」笨哥道，「何況，邢隊還是我的同事。」

「不說同事，倒差點忘了。花魁之死一案，有沒有進展？」

「我哪知道，我現在已是局外人。」

「你天天去上班不？」

「去呀。」

「去的話，有進展就總會有風聲的。」

「沒有風聲。」

「邢隊不會忘了這事吧？」

「怎麼可能？花魁之死一案，已經在部裡挂上了號。」

「這麼說，重視的程度已經升級了？」

這裡是京城中最高的高樓之一。高樓的頂端，直插雲霄。

豪華又寬敞的辦公室的三面，都是玻璃牆。晴天裡，坐在老板椅上，可盡攬大半個京城的綺麗風光。雨天裡，自然也就閱盡了京華的煙雨與蒼茫。

富商，也終於從天上人間花魁之死專案的拘禁中，恢復了自由。處理完積壓的事務，正打算回一趟中原。

突然，手機的鈴聲響了，那頭傳來個變了聲的語音：「你遇上

麻煩了，采取第二套方案。」

隨即，對方挂斷了電話。富商正准備撥回去，手機的鈴聲又響了，這回是個年輕女性的聲音：「您好！這裡是京城公安局。您剛剛收到的電話，來自一個偽基站。請提高防範意識，不要輕信傳銷、金融欺詐等信息。」

「偽基站？」富商打開了他每一個電話都錄的錄音。

「你遇上麻煩了，采取第二套方案。」「你遇上麻煩了，采取第二套方案。」「你遇上麻煩了，采取第二套……」

沒等到聽完第三遍，富商已在腦子裡還原出了這個變了聲的聲音。

「這不是邢隊嗎？」

這麼一想，富商驚出了一身冷汗。

趕緊拿出早就准備好的一切，開始精心裝扮自己。

幾分鍾以後，一位阿拉伯富豪模樣的人，走出了富商的辦公室。

自己開著車，直奔機場。

買了張即刻就能起飛的機票，就上了飛機。

為防止強制性返航，飛機第一次降落在境外，他就下了飛機。

而後，換上一架外航的飛機，直飛美國的洛杉磯。

那裡，有他的集團海外總部。

是人類太愛表現自我，才有了網絡？還是有了網絡，人們更渴望表現自我？也許沒有人能夠正確回答。

反正，一不留神就到處都是爆料、撕逼，與滿嘴噴著兩種生殖器及其零碎兒的意見領袖。

領袖們總指責別個裝逼。可領袖又有幾個是不裝逼的呢？不裝逼，怎麼成為領袖？

網絡正在改變人類的生存方式。其實改變生態的，還是人類自己。

許有人說彎道超車是捷徑。然而，網絡卻笑了。

珊姐被富商爆料。

天上人間的女老總、珊姐，被剛逃離大陸、逃到美國的富商爆料。

這使原本就難分難解的花魁之死，變得更加撲朔迷離；而珊姐，也成了以戀愛為名刺探西方多國情報的國際女間諜。

閃回。

富商逃到美國、逃進集團海外總部大樓，見到女秘書就抱頭痛哭：「差點就見不到你啦！要不是得到內線消息，我差點又要被抓。」

閃回。

上世紀，少年時的富商，因詐騙一萬多元，被抓。

判決書：判處有期徒刑 3 年，緩刑 4 年。

青年時的富商，做了一香港富婆的小白臉，任副董事長兼總經理。

一年後，香港富婆被富商掃地出門，飲恨回了香港。

本世紀初，在中原官司纏身的富商，突然決定進軍京城房地產。

數年後，富商又涉嫌上市公司內幕交易。

女秘書摟著富商的腦袋，輕輕安撫、小聲勸道：「老板，您是打不敗的。」

「對，我是打不敗的。」說著，富商扒下女秘書的褲子。

一番騷動之後，富商恢復了狼性。

「可我的女兒和老婆，這次都沒能逃出來，必須想個萬全之策。」富商道。

「辦法有。就看老板願不願意搏一搏。」女秘書道。

「你說。」

「與公安部談判。」

　　女秘書的一句話，點醒了富商。富商道：「好！這是個辦法。但，我們首先要取得話語權。」

　　「話語權容易，現在流行自媒體。」

　　「對，選幾個好的平台。」

　　「不用幾個。只需 Youtube 和 Twitter。Youtube 最近正火，而 Twitter 可以吸粉。」

　　「可以吸粉，就一定可以買粉。我們雙管齊下。」

　　「對。」

　　「除此之外，還需要橋段，需要捧，需要吸睛，需要震撼。」

　　「這也不難。」

　　「你聽我說，記下，並由你去落實。」富商道，「找一家美國的中文媒體，安排他們的老板與我見面、吃飯，宣傳出去。而後，找個理由與他翻臉，再宣傳、炒作。這時候，就需要另一家中文媒體；最好這家中文媒體自己也麻煩，這樣效果就可疊加。」

　　「好，萬全之策，一定能吸粉無數。」女秘書贊道。

　　「還不夠。這樣，雖然紅了，但，還沒有與公安部談判的資格。因此，還必須再找一家美國國家級的中文媒體，預先公布爆料時間；而實際上，到時候不爆料，就說是大陸國安不讓爆料。」

　　「好。但，我們一路爆什麼料呢？」

　　「第一，爆腐敗。第二，爆間諜。腐敗吸睛，間諜有神秘感。也不需要全都是真材實料。要真真假假，真假難辨。重要的，是把握好節奏，讓粉絲們上癮，就像吸了鴉片一樣，欲罷不能。」

　　「高。」

　　「別再打斷了。我來整理下：一、開 Twitter 和 Youtube，吸粉買粉雙管齊下。二、買通兩家海外中文媒體，按計劃爆料炒作。三、買通一家美國國家級的中文媒體，預告爆料，再假裝爆料不成，而後賴到大陸國安頭上。這樣，我們就有資格與公安部對話了。」

　　「嗯。」

　　「爆腐敗的料，要注意國內的反腐走向。無論真假，我們要的

是震撼、超前；因為，我們不需要負責。而報間諜的料，最好要扣住天上人間花魁之死，賺它的知名度。而後，再把矛頭指向高層。」

「扣住天上人間好辦。他們女老總的爹媽，不正好都是特工嗎？」

「你這提醒非常好，那就爆珊姐的料。下一步，你搜集珊姐的料，要大膽地編故事、搞噱頭。准備好後，我就上 Twitter 和 Youtube 去直播、爆料，而後轉向高層，逼著公安部部長級的高官來美國，與我談判。如此，什麼『紅通』不『紅通』，我得讓他們把我女兒和老婆送來美國。」

「妙極了！」

忍無可忍。珊姐一個電話打給作家，道：「立即、即刻、馬上，一分鐘也不要耽擱，就來，到天上人間。如可能，帶笨哥一起來。」

「好，立即、即刻，馬上到天上人間。」

挂了珊姐的電話，作家把電話打給笨哥。約好笨哥後，不急不忙地找了件衣服換上，這才下樓去等笨哥的車。因富商在海外爆料，已成了中文互聯網上的世界級新聞。珊姐被爆料，也無人不知無人不曉。而珊姐受不了一點委屈的脾氣，他更清楚；所以，在得知富商爆料珊姐的那一刻，就已想好了對策。

待作家與笨哥趕到天上人間，珊姐的氣已順了些。然，她還是對笨哥嚷嚷道：「你們怎麼會連個人都看不住呢？讓富商跑了，害得我來背這黑鍋。」

「我早已不是專案組的人了。」

作家道：「會不會有人故意放水，讓他出去、讓他爆料？」

「如果是故意放他出去、讓他爆料，那就很可能涉及到權鬥；而既涉及到了權鬥，幹嘛只爆我的料呢？」

「第一，這可能僅僅是個開始。第二，你過去是演藝界的，現

在又是天上人間的總經理，容易引起轟動。第三，沒准就是打你這只狗、欺你背後的主人。」

「你才是只狗呢！」

「哈哈！」笨哥也樂得不行。

「我只是比喻。」

說話間，女服務員已將飲品擺齊；自然，也聽到了對話，便不經意地在偷著笑。

「出去，給我出去。」珊姐把女服務員趕出了包房。

雖說珊姐動粗，趕走了女服務員，但，誰都能看得出來，她的氣又消了些。

「富商不是等閑之輩。這其中一定有內鬼。」笨哥在琢磨富商是怎麼得到消息、怎麼跑掉的。

「來，倒倒苦水吧。」作家卻對珊姐道。

珊姐一口喝乾杯中的酒，道：「如果我肯當間諜，早就當了。如今，反倒被富商咬一口，實在是冤。他還爆料說，我以女間諜做噱頭，是為了爭演女主角。這是哪跟哪嘛！他才是間諜，是挂靠的那種。」

作家道：「富商還說你啥？」

「富商還說我，以談戀愛為名，接觸西方外交官子弟，搜集情報，做間諜。」

作家笑道：「那你有沒有呢？」

「沒有。」

「沒有？哦，那傳聞說，你有個英國未婚夫。大概是謠言。」

「這個有，是真的。」

「哦，那還聽說你與法國大使的兒子談過戀愛？」

「也談過。」

「還聽說你與德國使館的人也談過？」

「談過。」

「你是不是與日本、加拿大等國使館的人，也都有過一些較深

的接觸呢？」

「是。」

「那還有什麼說的？」

「可是我只談戀愛，不搜集情報。」

「那麼，誰可以證明、你從未搜集過情報呢？」

「總參，大院的老一輩們都可以證明。正因為我沒聽他們的、沒給他們搞情報，這些年，他們才總給我使絆子。讓我這科班的高材生，只能跑龍套、做裸替。」

「那麼，你讓總參或大院的老一輩們，給你開個證明。可以吧？」

「這怎麼可能？你這不是為難我嗎？」珊姐道。

「既然他們不能給你開證明，那麼，你所說的『總參，大院的老一輩們都可以證明』，就只能屬於你的自證。」

「自證還不夠嗎？」

「你是不是打算回應富商？」

「我回應他？那我不成了幫他炒作？他不正希望這樣嗎？」

「是呀。可你不回應，自證不就是無力的嗎？」

「那我也不能回應。他的坑，太多。一不小心，就會掉進去。」珊姐道：「他自己，才是特務。每次出去，都是有使命的。前一陣，他還一次就給喇嘛帶去了三億美金的經費……」

「不說這些。」

「我也不想說這些。按理，有些話，應該是在我出國之後才可以說的；否則，就可能有生命的危險，或者進監獄、進 261 軍方精神病院。但這富商的爆料，也太可氣了。」

「我倒是覺得，你是不是該想一想，他為何要在這個時間、用這樣的方式激怒你？」

「會不會是為了攪亂花魁之死的視線？」笨哥問。

「如果這樣，也太簡單了。」作家道。

珊姐笑道：「又來了，又要販賣你的那『一個彌天大騙局』、

『一盤很大很大的棋』，是不是？」

作家道：「可，這是實實在在存在的。要不，你爹媽為何要在外面長期臥底呢？」

「不說這些。這些話題，讓人聽了能從後脖子涼到後背心。」笨哥道，「還是聊聊天上人間的花魁之死。」

「好，我正想問，花魁之死一案，怎麼老是沒有動靜？」

「是呀，是不是你們的邢隊不想破這案了？」

「不僅是邢隊吧？而是刑警大隊。」

「嗯，也許就是不想破了。」

「你們，這是在攻擊市局、變相攻擊我們市局。」

「哈哈，沒有想到，笨哥還是挺能維護的。可，你們總得給社會一個交代吧？」

閃回。

冬夜。教授的書齋裡。

幾杯紅酒落肚後，邢隊與教授開啟了高談闊論的模式。

「女人就是用來騙的。」邢隊道，「你的美人，為何會出軌呢？就是因為你，不善於騙，沒有騙好，功夫不到家。」

「你倒是很善於騙，功夫也到家了，那麼，請問你的大美女，為何也出軌呢？」教授道。

「我的情況，有特殊性。是我不忍心騙我的老師。」

「你會不忍心嗎？依我看，你是沒達到青出於藍而勝於藍的境界。也就是說，你那兩下子騙不了你的老師。」

「也可能吧。」

教授道：「我以為，任何社會，都逃脫不了當時的時代之誘惑，女人就更是這樣。比如，笨哥他媽的那個時代，時代之誘惑就是英雄、將軍；過了十幾年，時代之誘惑就變成了能言善辯、或敢打敢衝；再過了十幾年，時代之誘惑就成了頭腦靈活、善於賺錢。」

「跑題了。」

「沒有。」教授接著道,「女人也分兩種。一種,是無我。無我,不是無私,而是沒有自己,永遠追隨著時代之誘惑,隨著時代之誘惑的變遷而變化。另一種,是有我。有我,就是有自己,也許會一時經不住時代之誘惑,但,最終還是會找回自己。因此,找老婆,就必須找後者。這是自我保護的需要,否則,就只能投降。當然,向社會投降,也是一種自我保護。」

「綠帽理論。」邢隊笑道,「你這是在給自己戴綠帽子、建立一種堂而皇之的理論,也是為進一步地尋求心理安慰。」

「我是妥協派。與社會妥協,與現實妥協,看起來沒血性,很無能。但不妥協又能怎樣?難道去報復嗎?復仇不是不可以,而是有代價、有成本的。稍有不慎,將萬劫不復。」

「別嚇唬人。」

「這可不是什麼嚇唬人,而是基本知識,也是常識。」

「我說,你能不能換一個話題?」

「總而言之,即便是綠帽派,也比離婚派要強;因為,離婚其實就是一種逃避、對現實的逃避。」

「把你的『綠帽理論』收起來吧!再這麼扯下去,我們的聚會就要成為綠帽俱樂部了。」

「『綠帽俱樂部』?這很好呀!社會可以有同性戀的群體,為何就不可以有『綠帽俱樂部』呢?不同的人,應該有不同的療傷的去處。這樣,才是社會的進步。你懂不懂?」

「那你說,開妓院是社會的進步、還是落後呢?」

「對,我們去放松下如何?」

「我才不去呢。」

「為何?」

「我專情。」

「扯淡!大美女早劈腿了,你專情有什麼意義呢?」

「我不是對大美女,而是對警花專情。」

「這就更是扯淡了。難道你與警花有感情之後，就沒有再與大美女同過床嗎？」

「同床，並不等於有感情。」

「你敷衍她，她也敷衍你。你們婚姻的失敗，就在於敷衍。我就不敷衍。所以，我家的美人，總會有回頭的那一天。」

「做夢吧。」邢隊道，「別以為就你能扯，我也來一段。聽著：戴綠帽，本是一種苟且；承認戴綠帽，更是苟且之苟且。於大多數人來說，苟且或許就是一生，至少也是人生中的一段，然，無論如何，苟且都是一種無奈。圍繞無奈，是不該形成理論的；因為，這樣會讓致使他人無奈的一方，感到一種理所當然。」

教授反駁道：「形成理論，是為了尋求合理的安慰，也是為了更好地療傷。因為，這個社會中戴綠帽的人，並不在少數；所以，就必須形成一種理論，讓這些人的心靈有個庇護所。」

「不對。綠帽理論，其實是一種默許，只會讓綠帽現象進一步地公開化、合法化。」

「不公開，也確實存在。」

「一個社會，綠帽的存在，就已是這個社會的悲劇；如果再進而形成綠帽理論，那就是悲劇的悲劇。你的『綠帽理論』，是給我們偉大的社會抹黑。」

「不要亂扣帽子。被戴上綠帽，想脫都脫不掉，已經很悲催了；再加上頂黑帽子，還讓不讓人過？人生就是苦難，所以才需要寬容。」

「寬容什麼？體諒那些給人戴綠帽的人？因為他們的老婆沒你的老婆漂亮，所以才給你戴綠帽，他也沒辦法、很無奈？」

「話雖難聽，但，理就是這個理。你有能力獲得美的資源，他當時沒有，後來有了，就有權重組、進行再掠奪。」

「胡說八道，荒謬透頂。」

「不胡說八道、不出理論，你讓我怎麼評職稱？」

「這不成了個逆淘汰的社會？」

「你也反社會了。」

「我沒有。我始終是代表社會的正義，抨擊你這種不義。」

「喝高了。」

「不，是喝出了自己。」

邢隊靠在教授家的沙發上，睡著了；教授想給他蓋上條毛毯，可他自己也站不起來。

某賓館，一間很漂亮的客房裡。

頂上的燈光，泛著種很浪漫的玫瑰紅；整個屋子也很靜，靜得像世外桃源。

從被窩裡伸出只手，邢隊打開了床頭櫃上的燈；月色的燈光，照著半坐著、裸露著上身的他。

拿起床頭櫃上的香煙和打火機，點上了一支；舒坦地吐了一口煙霧後，邢隊極溫柔地道：「花，你醒了嗎？」

警花從被窩裡探出頭來，睜開一雙惺忪的眼，道：「剛睡著。」

邢隊痛愛地撫摸了一下警花漂亮的臉蛋，道：「昨天，你可不該順著笨哥說話。」

「我是為了你，希望能早日破案。」

「那也該是向著我說，會聽起來更舒服一些。」

警花笑道：「你變了。」

「是嗎？」

「你自己沒覺得？」

「我，沒覺得。」

「變得多了。我在警院追你那會，你多酷呀！還記得嗎？」

「哈哈！」邢隊笑著，俯下身去，將吻輕輕地印在警花的唇上，而後道，「幸好你沒有變，還是個漂亮的軟妹子。」

「你不多睡會？」警花說著，想將邢隊拉回被窩裡。

「不了。今晚，我還有很多事要辦。」邢隊道，「你再睡一會吧，最近太累了。」

「嗯。」警花應著，鑽回被窩裡去。

「我去衝一衝。」邢隊起身，給警花掖好被子，道，「走時，就不叫醒你了，你放心地睡。一會我到樓下，會把賬結到明天中午。」

再醒來時，警花輕聲地叫著：「邢，邢。」

沒有聽見回音。警花掀開被子，光著身子坐起，套上了件睡袍，就直奔洗漱間。

洗漱間裡也沒有人。

回到床邊，警花脫下了睡袍，重新鑽進被窩裡去。

可，已無睡意了。突然，覺著寂寞，一種前所未有的寂寞；心裡空落落的，還夾著些許憂傷，好像被什麼擊打了一下，重重的一擊。

莫名其妙地，警花竟哭了起來。

閃回。

初春季節，刑警學院的校園裡，一條沒什麼行人的便道。

警花與邢隊，走過來，又走過去……

路，很短；夜，也很短。話，卻很長、很長。

閃回。

深春季節，刑警學院的校園裡，大操場的最深最暗處。

一個月亮躲了起來、星星也躲了起來的夜晚。

為抓住邢隊，警花偷食了禁果……

閃回。

某賓館，客房裡，警花依偎在刑偵的懷中。

邢隊道：「孩子還太小，再等等吧。」

「嗯。」警花柔順地點點頭。

閃回。

「花，老大不小了，咋還沒有對象呢？」警媽道。

「我有對象。」警花道。

「那還不帶家裡來，給我們看看？」

「沒到時候。」

家裡，一直在催婚。警花，卻一直在等待。催得沒有辦法，警花就推說工作忙，躲著不回家。

這麼些年了，就一直這麼偷偷摸摸地過著。

是自己錯了嗎？追求理想中的愛情，難道也有錯？是邢隊錯了嗎？邢隊有他的難處，警花能理解。

那是誰錯了呢？說來說去，自己還算是小三，竟然也是個小三。想不明白，淚水就嘩嘩地流。

警花覺得，愛情太複雜了，比破案難多了。破案，有教科書；而愛情，為什麼只有小說、電影、電視劇，而沒有教科書呢？

越想，思緒就越亂。想到傷心處，淚水就止不住地流，抽泣的聲音也越來越大。

怕驚動別人，警花將被子蒙住了頭；而被褥，卻在不停地抖動著。

閃回。

私家偵探所裡，笨哥正在看著手中的報紙，電話鈴聲響了。

拿起電話，笨哥道：「這裡是笨哥私家偵探。」

對方道：「我是美國中文媒體訊博社。請問，打探一個比較隱秘的消息，服務費一般是多少？」

「一萬。」

「是人民幣嗎？」

「對。」

「那麼，打探個政府的內部消息呢？」

「不好意思。私家偵探，一般不做這樣的業務。」

「就是說，有時也可以做。」

「對，得看價格及所要打探的內容。」

「價格是多少？」

「三萬。」

「三萬可以。這樣，我給你一萬美金，你給我打探一個文件。」

「什麼文件？」

「關於意識形態、宣傳口徑方面的文件。」

「這怎麼打探？漫無邊際的。」

「九號文件。」

「九號文件？你既已知道文號、又知道大體內容，還打探什麼？」

「我要影印件或複印件，電子版也可以。」

笨哥腦海裡，快速閃過各種不同的電影裡，不同的特務偷拍不同的機密文件的鏡頭。

隨後，笨哥道：「這樣的話，我的證據、罪證，不就全都落在你的手裡了？」

「這算什麼證據呀。」

「下一步，是不是該發展我當間諜了？」

「你想多了，沒有這樣的打算。」

「對不起。這樣的業務，我既不做、也不能做。」

一縷青煙飄過，笨媽又顯形了。

突地站在笨哥的面前，笨媽帶著哭腔道：「傻兒子，我們只知道你處理不好愛情，沒想到你連工作也處理不好。上次我們竟沒意識到，你咋混到開私家偵探的地步？是不是市局不要你了？你好歹也是上將的兒子……」

「什麼上將的兒子？我兒子自己就是英雄！」隨後趕到的笨爹，糾正笨媽道，「我兒子，是自衛反擊戰的英雄。」

「說這些幹嘛？」笨哥道。

「走，找你們領導說理去！」笨爹道，「沒有王法了？改革改到我的頭上來了？那我們當年提著腦袋幹革命，究竟是為了啥？」

「爹，私家偵探是我想幹、要幹的。跟領導沒關係。」笨哥道，

「留職停薪，不是什麼被開除。何況，我只簽了一年合同，幹不下去是可以回去的。」

「那，這就是你的不對了。」笨爹道，「個人的隱私，只能由公安機關掌握。私家，怎麼可以偵探呢？各人的隱私，都能相互掌握的話，那還不要亂套？還不相互放風、相互敲詐勒索？」

「爹，現在是改革開放。」

「什麼改革開放？改革開放，只是權宜之計。」笨爹教訓道，「社會主義，就是計劃經濟。計劃經濟，就是國企為主，集體為輔。權宜之計就是權宜之計。你信不信？將來，一切都會再重新改回去。」

「爹，說這些幹嘛？」

「對，老頭子，不說這些，只說兒子回局裡上班。」

「那好，我不續簽合同。明年，我就回局裡去上班。」笨哥道，「這樣，總行了吧？你倆，就不能好好在那邊待著？跑來跑去，摔著、傷著了，怎麼辦？」

「那也得你不讓我們擔心，才行。」

台少婦又在天上人間出現了。

然而，那少婦只是在大廳裡轉了轉，就又走了。

珊姐讓張富、張貴去跟蹤。回來，卻說又跟丟了。一著急，珊姐就叫來了作家與笨哥。

「咋啦，又火急火燎的？」作家問珊姐。

珊姐道：「你問他們倆。」

這麼，作家才注意到：門後的牆根上，還傻站著兩個人，一個是張富，另一個是張貴。

閃回。

台少婦出現在天上人間的大廳裡。

張富發現後，趕緊衝進了總經理辦公室，向珊姐報告。

珊姐道：「好，你倆給我盯緊她。今天，你倆就啥事也別幹，

就給我盯住她；她要是走，你倆也盯著，給我跟蹤，看她去什麼地方、接觸什麼樣的人，用手機給我悄悄地拍下來，別讓她發現。最重要的，是一定要找到她最終落腳的地點。」

「好的。」哥倆道。

台少婦在大廳裡轉了轉，就又走了。

張富與張貴哥倆跟著。一會，哥倆並肩跟著；一會，哥倆一前一後跟著；又一會，哥倆交替地跟著……有時，還反穿著上衣。

台少婦，則有時彎腰撣一撣鞋上或褲腿上的灰，有時又掏出鏡子來補一補妝……

就這麼，轉過了幾條街。突然，台少婦進了一家商場。

哥倆趕緊跟進去，只見台少婦在女裝陳列區一轉，就不見了。哥倆商量，一定是躲進了試衣間。

如是，哥倆分守在兩個試衣間的門外。

可是，一直守到晚上商場打烊，也沒見到台少婦出來。如是，哥倆拉開試衣間的門，裡面卻連個人影也沒有；且，兩間都是這樣。

聽完之後，笨哥大笑了起來，道：「別說他哥倆。這種情況，我也遇到過。他倆又沒有接受過訓練，跟丟是再正常不過的。」

「誰說沒接受過訓練？為了花魁之死一案，我啥都不讓他倆做，一直在嚴格訓練著他倆。」珊姐道。

作家調侃道：「你也是二把刀子，就別責怪他倆了。」

「我二把刀子？咱倆比試比試如何？」

「我不行。」作家笑道，「我說錯了。你是特工世家，中國諜報界的精英。可以了吧？」

「精英談不上，反正也絕不差。」

「那破天上人間花魁之死一案，就全仰仗你了。」

「那沒准。說不定，我就能在其中起到關鍵性的決定作用。你這傢伙，就是小看我。」

「沒有小看你。我也相信你的見識與能力。」作家道，「不過，

我以為，別再盯著台少婦了。台少婦即使是台灣軍方情治部門的人，也不可能介入到花魁之死案中來。上次談到過：花魁之死案，沒准是權貴之間的角力。如果確實是這樣，台灣就更沒必要介入。因為，在大的層面上，他們還沒有做好准備，也不可能有很大的企圖，更得不到什麼好處。因此，即使他們已經介入進來，也不過是想知道一些消息。」

「對，我贊同這樣的分析。」笨哥道。

「那我該做些什麼？」

「神經性致幻毒劑呀！上次，是你提出來的，也只有你真正懂、能搞清。如果你想幫笨哥，就該從這方面入手，而別在台少婦這類事情上浪費精力。」

「幫我？」笨哥笑道，「我都被擠出專案組了，還幫我？」

「怎麼不是幫你？」作家道，「進出專案組，不也就是長官意志？既然有人能操縱民意，把你擠出專案組；那麼，就也有可能、有人需要你去衝擊下眼下的壟斷。何況，進也罷、出也罷，不就是局長一句話的事情嗎？」

珊姐道：「對，別看你現在賦閑，但，你是我們之中，唯一的、真正的刑警大隊的人。不指望你，還能指望誰？」

「賦閑，也不一定是什麼壞事。」作家道，「你正好有時間、可以理清基本思路，為東山再起做好准備。而有准備，也總比沒有准備好吧？你說是不是這道理？」

「那好，我負責理清整個花魁之死案的思路，你負責在神經性致幻毒劑上有所突破。」笨哥對珊姐道。

「這樣分工，就很好。」作家轉而對珊姐道，「能生產神經性致幻毒劑的國家，應該不多。我覺得，你可縮小範圍，盯著幾個有能力生產的國家。」

「不是有能力生產神經性致幻毒劑的國家不多，而是只有一個。」

「哪國？」笨哥與作家異口同聲問。

「Ｅ國。」

「哦，明白了，是他們過去擁有過強大的力量。」

「是的。」

「這樣，範圍就又縮小了。」

「對。」

「那就抓緊做吧。」

教授的書齋依舊，沒有什麼變化。

依舊像風一樣的邢隊，闖進教授的書齋，而後將屁股扔在寬大、松軟的沙發上。

見到邢隊，教授依舊從酒櫃裡拿出瓶紅酒與兩只高腳酒杯，開瓶、斟酒，將一杯酒遞過去。

輕輕搖一搖，微微嗅一嗅，淺淺品一口之後，邢隊這才深深地吸進一口氣，隨後又長長地將這口氣吐出。

「最近，怎麼沒有抽空過來坐坐？」教授問。

「壓力山大。花魁之死一案，已經升級，在部裡挂上號了，社會的輿論壓力也很大。」

「我就不明白了。當初，為何就不能在天上人間抓王副？」

「他沒有易容，我怎麼抓他？」

「那你最初是怎麼發現王副易容去天上人間快活的？」

「有一次，我注意到王副進了天上人間，可怎麼也沒見到他出來。之後，我找借口調閱了監控錄像，進行了比對。」

閃回。

某年某月某日，監控錄像

畫面中，一個身著皮夾克的中年男子走進天上人間。

畫面中，那男子身著皮夾克走出天上人間。

一周後，監控錄像

畫面中，身著秋裝的王副走進天上人間。

畫面中，那男子身著皮夾克走出天上人間。

又過了一周，監控錄像

畫面中，一個身著皮夾克的中年男子走進天上人間。

畫面中，身著秋裝的王副走出天上人間。

教授道：「我不明白，你是怎麼懷疑那中年男子就是王副的？」

「很簡單。正常的客人，都走天上人間的大門；即使走別的門，也能調閱到監控錄像。在這前提下，如果進去的人是一定的話，那麼，出來的人就也是對應的。」

「我還是沒有能想過來，你憑什麼認准了那個中年男子就一定是王副呢？」

「這也很簡單。那個中年男子的臉，是矽膠做的，沒有微表情。」

「沒有聽懂。」

「也就是說，那個所謂的中年男子，他的那張臉，是假的，是用矽膠做的；所以，在那張臉上，是沒有微表情的。微表情，屬心理學。因為審訊嫌疑人，我們需要學微表情；通過微表情，來判斷嫌疑人講述的內容的真偽。」

「哦，明白了。是通過監控錄像的比對——有時，是那個中年男子進去，還是他出來；有時，是那個中年男子進去，是王副出來；還有時，是王副進去，而出來的是那個中年男子。因此，可以判斷，那個中年男子有可能就是王副。而後，再通過閱讀微表情，發現了中年男子的那張臉，沒有微表情，是張假臉、矽膠做的臉。這樣，就可以基本斷定那個中年男子，就是易了容的王副。是這樣吧？」

「正確。」

「不簡單，不簡單。看來，刑偵也是一門大學問。」

「刑偵本來就是門大學問。」

「那王副，豈不也具有一定的反偵查能力？」

「是，而且他應該還提前做了功課。否則，花魁死的那晚，他

就不可能迅速做出反應，假裝成微服私訪，叫來局長，而後溜之大吉。」

「明白了，你是想在那晚逮住他，讓他特難看，是吧？」

「你只說對了一半。」

「為何？」

「他沒有易容，就是王副，我不能碰他。他易了容，就是皮夾克。他既是皮夾克了，就不能一下子改說他是王副。這樣，就隨我怎麼抓他、治他了；而等他再說出他是王副時，也已經晚了。且，在天上人間被抓的人中出了個王副，這不就成了天大的新聞、天大的笑話嗎？」

「高。」

「唉，只可惜，又讓那老狐狸跑掉了。」

「那是不是你沒有算計好？」

「也可以這麼說。」

「不過，我覺得你的算計已經是相當的不簡單了。」

「又有什麼用呢，不還是沒有成功。」

「連《三國演義》中，諸葛亮都說『謀事在人，成事在天』。你就不必過於自責了。」

「自責也沒有用。」

「那是。那麼，你下一步咋辦呢？」

「天機不可泄。」

「你這是故弄玄虛吧？」

「真不是。我只能跟你復盤走過的棋，而不能提前透露。抱歉！」

街邊上、樹蔭下，霧靄將傍晚已西斜的陽光，朦朧成詩非詩、畫非畫，且帶有種陰謀的色彩。

微風輕吹，樹葉兒悠然。大概這就叫生活，普通人的生活。

在一個監控的死角裡，邢隊穿著一套極普通的便裝，一副悠閒

的模樣；手裡，拿著一份當天的京城晚報，像是在看報紙、又像是在琢磨報上的什麼。

漸漸昏暗的夕光裡，逆光走來了一位穿著還算入時、但怎麼看都有點痞味兒的大齡青年。

待走近了以後，才分辨得出那人竟是刀疤。

憑感覺，邢隊知道刀疤已經到了，他依舊像在琢磨報紙，嘴裡卻說了聲「來啦」。

「邢隊，有什麼指示，需要我做什麼？」刀疤佯裝掏煙、點火，停住了腳步；而後緩緩吐出個大煙圈，又吐出一串小煙圈、魚貫地穿過那大煙圈。做完這些，才像沒事人似的，四處望望，卻唯獨沒看邢隊。

「你把王副的材料都放出去。」邢隊說。

「是都放出去嗎？」刀疤問。

「是的，都放出去。」

「要不要留下一些，最關鍵的？」

「不懂得一擊致命嗎？」

「是局座的意思，還是上面的意思？」刀疤這麼問。

「不懂得紀律嗎？沒規矩。」邢隊輕聲道。

「邢隊，那我也得說個自己的事兒。什麼時候才能讓我歸隊？我出來臥底都已經整整十年了。老婆跟人跑了，我無怨無悔。可兒子，一直都把我當成壞人。再過幾年，就到了他的青春逆反期；如果他要是真學壞了，那我可得後悔一輩子、悔青了腸子都來不及，也真就成了『獻了青春獻終生，獻完終生獻子孫』。」

「別說了。完成這次任務後，就讓你歸隊。」

「那太感謝邢隊了！我一定好好幹，以最快的速度……」

刀疤還想說啥，可邢隊已經走遠了。

地平線上，一團火球樣的太陽剛升起，已把清露般彌漫著的空氣給焐熱了。

　　街心公園的早晨，已有了種洗桑拿浴的感覺。

　　各式各樣的鳥籠，挂在公園裡一人多高的枝條上。小鳥們雀躍在各自的方寸間，向公園裡所有鳥兒及人們「嘰嘰喳喳」地招呼。

　　遛鳥的老爺子們，並不比小鳥們清閑多少；三三兩兩，閑聊著、聒噪著自以為是新聞的京城裡的閑話。

　　不參與的，是少數。即便是無心參與，嘴巴沒有動，可那耳朵、眼睛也不至於全都閑著。

　　紅歌進了街心公園，剛找地方挂上他那兩只鳥籠，還沒有來及活動腿腳，那每日與他捉對閑扯的遛鳥的已湊了過來。

　　「聽說了嗎？王副市長要倒黴了。」

　　「沒聽說。」紅歌道。

　　遛鳥的道：「據說，上面的紀委，就要找他談話了。」

　　「為啥？」

　　「花魁被害死的那晚，王副也去了天上人間。警察包圍天上人間的時候，王副正好被堵在了裡面。」

　　「你就瞎扯吧，那警察為啥沒有抓王副？」

　　「還沒等警察抓王副，王副就假裝成微服私訪，叫來了市局局長，並且下達了指示，然後就揚長而去。你說，這叫警察咋抓他？」

　　「不對，該抓就抓。沒被抓，就只能說明沒這樣的事。光憑這一點，上級紀委也不可能就找他談話。」

　　「還有別的。」

　　「真的？」

　　「絕對真的。王副，腐敗、亂搞女人。」

　　「真的嗎？」

　　「真的。據說有 100 多個情婦。」

　　「扯淡吧。100 多個情婦，他能忙得過來嗎？」

　　「忙得過來、忙不過來，是另一回事；但 100 多個情婦，是千真萬確的。」

「我還是不相信。如果是真的，那他的身體也吃不消呀。」

「身體吃不消？有補藥呀！你沒見，如今流行吃冬蟲夏草，還有虎鞭鹿鞭啥的？」

「我覺得，這又是謠傳，加工的。」

「誰沒事、吃飽撐了，給王副加工這些？」

「我還是不信。」

「你不信拉倒。據說，市府大樓裡，都讓他搞遍了。逮誰就搞誰，連打掃衛生的老阿姨都不肯放過。」

「更瞎說。」

「真的。據說，王副根本就不避諱。有一次，還帶著秘書、司機去見他那相好的。到了相好的家，正好那相好的閨蜜也在，另外還有個小保姆，如是，就一對一地各自幹上了。」

「瞎說吧？」

「真的。正房裡，是王副跟那相好的幹；偏房裡，是秘書跟相好的閨蜜幹；保姆房裡，是司機跟那小保姆幹。滿屋子一片啪啪聲。」

「准是瞎編。」

「真的，誰編誰小狗。幹著幹著，他們還換著幹。」

「那，真的是腐敗。」

「腐敗吧？所以就該談話、該抓。」

第二天，紅歌剛踏進街心公園，那遛鳥的便迎上幾步，道：「來，到這兒，給您留著地兒呢。」

幫紅歌挂上了鳥籠，遛鳥的便道：「聽說了嗎？又有重大進展。你不知道吧？據說，王副玩美女玩多了，就玩出了花樣。」

「啥花樣？」

「剃陰毛，就是刮屄毛。」

「真的？」

「當然是真的。據說，王副玩美女，玩玩就發現：陰毛，不僅

有色澤的不同，粗細的不同，還有曲直的不同、柔韌度的不同等等。」

「廢話，那玩意，不跟頭髮差不多。」

「別打岔。王副就開始悄悄地收集，把與他性交過的美女的陰毛，都夾在筆記本裡，每頁上還記下誰誰誰、某年某月某日等。」

「待會。」

「別打斷。王副只為紀念，算是一種愛好，他也從不示人。」

「你待會。」

「你別打斷。久而久之，王副發現，有的陰毛既筆直、又柔韌，賽過那上好的羊毫。如是，他就產生了制筆的念頭。王副想，從現在開始攢陰毛；退休後，就可以制陰毛筆。用陰毛筆，可練就一手別具一格的書法。從那以後，王副就向每一個與他發生性關係的美女，索要陰毛，也就是拔幾根。到後來，就發展到了親手剃美女的陰毛。幹那事之前，他先親手剃光了陰毛再說；剃下，收好後，才幹那事。」

「我可以說話了吧？」紅歌問。

「說吧。」遛鳥的道。

「扯淡，百分之一百的扯淡！」紅歌道，「告訴你吧。剃陰毛、制陰毛筆，是我的一個哥們、一位作家的想象，藝術創作。懂了嗎？我記得清清楚楚：2008-2-17～18，他寫下了一篇叫〈陰毛書〉的短篇小說，又名〈陰毛筆書法〉，且隨即發表在網絡上。如今，仍然能夠搜索到。2015～2016 年，他又在台灣相繼出版了短篇小說的一、二、三卷，並將這篇小說正式定名為〈陰毛筆〉；而這篇〈陰毛筆〉，就編在第【一】卷的第 133 頁。他的書在網絡上也能網購到。請問，你還有啥好說的？」

「你瞧你。一個作家，有什麼了不起？」遛鳥的急了，道，「瞧你得意的樣子。我告訴你，剃陰毛、制陰毛筆，是人民群眾的創造！一個作家，臭老九，有什麼了不起？」

紅歌道：「我沒說我哥們有啥了不起，是你不讓我說話；再

說，王副算什麼人民群眾？」

「反正，王副不是臭老九。臭老九、臭作家，搶在王副的前面寫陰毛，有什麼了不起？王副還有更精彩的，他有嗎、想得出來嗎？」

「還有啥更精彩的？你說，我聽聽。」

遛鳥的順了順氣之後，才道：「據說，王副在市府大樓裡到處剃陰毛。漸漸，人們發現：去市府的大浴室洗澡的美女越來越少。請問，這是為什麼？」

「不知道。」紅歌道。

「連這都不知道？還吹你的什麼哥們、什麼作家？」遛鳥的道，「去市府的大浴室洗澡的美女越來越少的根本原因，是市府大樓裡的美女們的陰毛都被王副剃掉了；沒有陰毛、光溜溜地去洗澡，不就等於告訴大家：我剛被王副幹過，連陰毛也被他給剃走了。」

「哈哈，這倒也是。」紅歌道。

「怎麼樣，還是人民群眾比你那哥們、狗屁作家強得多吧？」

「待會，你讓我想想。」紅歌道，「你又扯淡了。如今，誰不是在家裡洗澡，有誰還會去市府的大浴室洗澡？市府的大浴室，如今還開不開，都要打上一個大問號。」

「市府的大浴室如今肯定還開，我發誓。」遛鳥的道，「而且，還對外賣票。昨晚，我兒子剛在那裡洗了個澡。」

「哦，我總算是明白了。」紅歌道，「這王副剃陰毛等等，都是你那的哥兒子，看了我哥們的小說之後，再加工的、編出來的。」

「好吧，就算是我兒子看了你哥們的小說後編的，但王副腐敗、出事了，是真的吧？」

「也很難說。官場上的事，不到最後分出個勝負，很難說誰贏誰輸，真的。這些，你可能就不太懂了。」

「你就別說懂不懂了。要我說，就算分出了勝負、分出了輸贏，不也有翻盤的嗎？」遛鳥的道，「咱老百姓，不就圖個樂？」

　　第三天，遛鳥的迎到了街心公園的出入口，見到紅歌，接過鳥籠一邊幫忙挂在枝條上，一邊神秘地道：「你知道王副為何好那一口、為何到處亂搞嗎？」

　　「別賣關子，想說就說。」紅歌道。

　　遛鳥的道：「經本京城小腳偵緝隊偵查報告，王副雖是個大個子，但那傢伙又短又細，所以美女們背後送他個外號，叫『小丁丁』。」

　　「『小丁丁』？這跟好那一口又有啥關係呢？」

　　「這你就有所不知了。很多傑出的人物，內心深處都有一種自卑心理、反常心態。正因如此，他們才努力，所以反而成功了。王副也是這樣，因為丁丁小，他搞完後總要問美女，『怎樣，我屬害吧』。美女呢，大多都有求於王副，自然就順著他、恭維他，誇他屬害，男人中的男人、男人中的極品等。久而久之，王副就分不清東南西北了，以為自己多麼屬害，且把那事當生意做了。」

　　「好，就算你說的有道理。那還有什麼呢？」

　　「還有，就是王副可能是個間諜。」

　　「這又瞎扯了。」

　　「沒有瞎扯。據小腳偵緝隊報告，王副上大學時，被官派留蘇，在海參崴上大學時，愛上了一位俄羅斯姑娘。本打算結婚，可組織一查，那俄羅斯姑娘是蘇聯克格勃。」

　　「真的？」

　　「百分之二百是真的。王副的愛情花朵，還沒來得及在海參崴綻放，就凋謝了。回國後，就娶了他表妹。可，那表妹長著張柿餅臉。」

　　「哎呀，可惜了。」

　　「如是，王副做那事時，腦子裡想的全是俄羅斯姑娘。」

　　「嗯，這也正常，年輕時都這樣。」

　　「不正常的是，柿餅臉為王副生的三個兒子，個個都是高鼻子藍眼睛，既不像王副、也不像柿餅臉。」

「那就可能是柿餅臉偷人了。沒准，偷的就是蘇聯專家。」

「可是，那時兩國關係已經破裂，蘇聯專家都已回國去了，即使柿餅臉想偷、也偷不到呀。」

「是。」

「你知道問題出在哪裡嗎？」

「不知道。」

「據小腳偵緝隊推測，王副很有可能已經被蘇聯人注射了俄羅斯基因。」

「又扯淡了。基因，既不似疫苗之類，也不似抗生素之類，不可以注射的，懂嗎？」

「咋不懂？我說注射，只是比喻，怕你聽不懂。」

「好，你對、你有理。難道王副可能是間諜，也是被注射了克格勃基因嗎？」

「不是。你忘了？王副在海參崴，與克格勃的姑娘談過戀愛。」

「談過戀愛，就會加入克格勃了嗎？」

「當然有這可能。」

「不可能。」

「怎麼不可能？連王副睡死天上人間的花魁，都可能是克格勃幾十年前就計劃好的。否則，又怎麼會叫計劃經濟呢？」

最美人間大夏天。為什麼呢？因為，大夏天街上的美女多，可以看到美女的脖子、香肩，還有裸露的背，甚至是袒著的胸；當然，最美的風景線，還是短裙下面那兩條不停擺動著的大美腿。

車窗外的風景，迅速向後倒去，其實並不能看清什麼。不過，這也已經足夠了。因看風景的，多半不是人的眼睛，而人的心情與心境。

此刻，王副的心情很好，心境更好。又要見大美女了，又可以做那椿愉悅身心的事兒了。

大美女，人稱「頭號警花」。大美女，原本只是個普通警官，

因相貌出眾、聲音甜美,被人從基層弄到了市局;又因在公安部的春晚中,與央視名人一起主持,而名聲大振。

王副在一次觀看演出中見到了大美女。見到她的那一瞬間,就喜歡上了大美女。

人就是這麼奇怪。只看了大美女一眼,整場演出對於王副來說,已沒有意義了;意義全都集中在了演出的最後,王副有機會與其他幾位領導一起上台,與演出的主要人員握手,而後合個影。

想到要握手,王副就悄悄寫了張紙條,把自己辦公室裡的專線電話號碼寫在了紙條上。

懷著忐忑的心情,上台握手。王副不安,一是怕暴露,當眾難堪;二是怕人家不當一回事,自討沒趣。

幸好,大美女冰雪聰明,不動聲色地收下了王副的小紙條。因為還得與其他領導握手,大美女假裝提了提胸罩,便把小紙條掖了進去。

大美女的舉動,王副全看在眼裡,那心裡就別提多開心了。一晚無眠,一夜也沒有睡好;直到第二天的中午,王副才終於接到了大美女的電話。

電話中,大美女非常得體,只關心領導身體,再就是希望領導常去看演出。但,這就足夠了,王副記下了來電顯示上的電話號碼。

如今的社會,很多的人,都不懂得體恤領導,以為領導玩女人很容易,好像脫下了褲子、女人就會自動迎上來。這是嚴重的錯誤。領導又不是過去的皇帝,想玩個把中意的女人,哪這麼容易?

何況,領導之所以能夠成為領導,首先是要忘我地工作。而如今的領導工作,有多忙?光開會,就能把腦袋都開大了。哪有多少屬於自己的時間?

再說,玩女人總也要講兩情相悅吧?玩女人,不僅要看對方的胃口,還要量自己的能力。人家提出的要求,辦不到,那,就不是玩女人,而是玩自己了。這樣的教訓,還不夠多嗎?

轎車在公路上飛馳。

　　後座上靠著王副。他閉著眼睛，隨思隨想著。

　　正想出了這番宏論，口袋裡的手機突然響了。王副掏出手機，接電話；電話的那一頭，是女性的聲音。

　　「在路上了，一會就到。」說完，王副挂了電話，將手機放回衣兜裡去。

　　這時，轎車早已出了市區，正在通往延慶的公路上奔馳著。

　　聽到了王副的話後，司機將車子開得更快了。其餘，沒有任何的表示。這也是給領導開車的、最起碼的常識。

　　到了一個三岔路口，司機將車速減了下來。王副道：「左拐，進去後，把我放下，你回去。」

　　轎車左拐進了岔路口，便見到了前面有輛乳白色的轎車。大約離那輛車還有二三十米，司機就減速、停下了車。

　　王副下車後，推上車門道：「明早，到我家，接我上班。」

　　司機點點頭，將轎車倒出了岔道。

　　王副等司機將車開走了，才向乳白色的轎車走去。

　　王副剛走近，轎車的門就打開了；王副幾乎是被車裡伸出的胳膊，給一下子拽進去的。

　　「急什麼呀？我的大美女。」王副笑道。

　　「你不急，我急。多長時間了，才能見你一次？」大美女嬌嗔道。

　　「好，那就先跟你談件事，而後好好地補償你。」王副摟著大美女笑道。

　　「先不談事，我等不及了。」大美女嘴裡說著，雙手已伸過來幫王副寬衣解帶；王副下身的衣褲，幾乎都是被大美女扒拉下來的。

　　「好好好。」王副就勢迎合著。

　　大美女弓著背，就在車座上顛了起來；整個車箱，就仿佛被放在了一台車廠驗車的震動器上，每一個零部件都隨著她的節奏而顫動。

　　其實，王副身邊的女人，很多；長得漂亮的，也大有人在。但，王副就喜歡大美女的主動，他好的也就是這一口。在王副看來，大美女是真心實意喜歡自己的。

　　好歹六十出頭了，出來做官也 30 多年了。雖不敢說閱盡天下美女，但也可稱：閱美女無數。可，真讓自己喜歡的，並不算多。王副的心裡很明白。

　　此刻，大美女的渾身上下，早已是濕漉漉的，跟衝了涼一樣。然，她卻越顛越瘋狂；整個車子，都像是快要散架了。

　　這大概就是愛吧？王副，已想不起自己年輕時的勁頭了。畢竟，時間太久遠了，久遠得可以堪稱歲月。

　　好一陣疾風暴雨狂過後，大美女蔫了，像只溫順的小貓，嬌喘籲籲地蜷縮在王副的胸口。

　　王副點上了一支煙，不緊不慢地、一口一口吸完；最終，又將煙蒂彈出了車窗外，這才輕拍著大美女的背，道：「可以說事了吧？」

　　「說。」大美女只吐出了一個字，身子依舊伏在王副的胸口上，一動不動。

　　「你家那口子在查我了。」王副道。

　　「什麼？他也敢查你？我還沒去抓他呢，他竟敢查你？」大美女從王副的胸口上一躍而起，腦袋撞在了轎車的頂棚上。

　　「不是因為你而查我，而是借著天上人間的花魁之死查我。」

　　「那他也瘋了，吃了豹子膽？」

　　「花魁自縊，動機不成立。可他殺，又找不到合理的嫌疑人，就翻天上人間的監控錄像；這樣，就必然會把我給翻出來。」

　　「你不都易容後去的嗎？」

　　「只要是人，也總會有大意的時候吧？」

　　「我早就勸你，別去那種地方，你就是不聽。」大美女說著，握起小拳拳捶打著王副。

　　「現在說這些，還有啥用？」王副道。

「那你說咋辦吧？」

「我打算，把他搬開……」

「你儘管動。」大美女道，說完又抬頭盯著王副的眼睛問，「你跟我說這些幹嘛？」

「我不也是怕你舍不得嗎？」王副笑著調侃道。

「你壞、你壞！」大美女又握起小拳拳，捶打著王副；打了幾下，便又去撥弄王副的那物件。

　　

網絡，正在改變人類。其實能夠改變人類的，只有自己。

是人類太愛表現自我，才有了網絡？還是有了網絡，人們更渴望表現自我？

一不留神，人類的文明，便遭遇到了網絡的衝擊，且正承受著以往任何一個時代都沒有遭遇過的考驗。

在網絡上，彎道超車已不是什麼天方夜譚。

在 0 與 1 的代碼間，每天、每時每刻都在產生意見領袖。老的還沒有消失，新的就已經加冕。

　　

轉眼間，富商已成了網紅、海外最大的意見領袖；因為他有錢，所以一個能頂一萬個、一句能頂十億句。

此外，他爆料的方式也非常獨特。不是在某一個方面獨特，而是從行事風格到爆料內容，再到要不要證據等等，全都很獨特。

閃回。

富商在視頻直播中爆料：「王副在山航的專機上，與空乘小姐啪啪；還自稱，這就叫作『一日千裡』。」

富商在直播中爆料：「某某某，還有誰誰誰，等等，全都是『夜夜當新郎』。」

富商爆料：「王副去天上人間，就像上公共廁所，且就像得了前列腺炎、並是晚期的那種，一會就得去一趟。」

富商又爆料：「花魁、天上人間的花魁，就是被王副給睡死

的。」

富粉們群情激奮，在跟帖中高呼：「打倒王副！」「打倒某某某！」「打倒誰誰誰！」⋯⋯

「讓子彈飛！」

「讓子彈拐彎！」

「讓子彈向後轉⋯⋯」

某年某月某日

富商透露：女兒和老婆，近日將被大陸釋放，來美國。

三天後

富商的女兒和老婆，走下舷梯，向人群揮手。

富商與女兒和老婆親切握手擁抱。

富粉們上前獻花⋯⋯

數月之後

富商爆料：某副部級高官等一行四人，來到富商集團在紐約的海外總部談判。

按日期推算，富商的女兒和老婆來美，就是由副部級高官等一行四人組團親自護送到美國的。

換言之，當富商的女兒和老婆走下舷梯、向人群揮手時，某副部級高官等一行四人、正躲在專機的機艙裡。

富粉們憤怒無比、義憤填膺，飛快地跟帖振臂高呼：

「哇，腐敗呀！」

「哇塞，愚弄民眾呀！」

「富商無罪，罪在這些高官！」

⋯⋯

富商出資購買的宣傳車，在東京街頭上街了。

在紐約街頭上街了。

在倫敦街頭上街了。

在巴黎街頭上街了。

在柏林街頭上街了。

在悉尼街頭上街了。

在台北街頭上街了。

……

為爭取國際支持，富粉們坐在宣傳車裡向外國友人們高呼：

「反對以腐反腐！」

「反對邊反邊腐！」

「反對邊腐邊反！」

「反對反腐也腐！」

「反對腐敗！」

「反對反腐敗！」

「天上人間萬歲！」

「花魁萬歲！」

「萬歲、萬歲、萬萬歲！」

「反對、反對、反反對！」

……

富商已是說一不二的領袖們的領袖。他在 Twitter 上的影響力，也快能趕得上那川普的 Twitter 了。

在海外奮鬥、經營了幾十年的各路領袖們，都聚集到富商的身邊；不少海外的中文媒體，也已是富商爆什麼料就評論什麼。因此，就更不用說自媒體了。

最近的這一次爆料，是說王副，說天上人間的花魁是被王副幹死的，死於性疲勞，死於潮吹過度後的身體驟然大脫水。

富商還爆料，王副是克格勃，末代克格勃。為什麼那麼多的美女願意被小丁丁幹呢？因為，那小丁丁，就是克格勃性研究成果的傑作。

借天上人間花魁之死，富商用間諜這招，玩殘了珊姐；如今，又有鼻子有眼地爆料王副，誰還會再懷疑他爆料內容的真假呢？

再說，即使有人懷疑，富粉們也不幹呵。那姓顧的「反炒」，

不就被富粉們問候了祖宗八代了嗎？

爆料與傳聞，呼應著、互動著，也相互推波助瀾。撲朔迷離的天上人間花魁之死，又在王副的間諜之色彩襯托下，形成了一個更大的、且無解的大謎團。

突然，笨哥想起了那日、在天上人間的包廂裡，作家對珊姐和自己說的「一盤很大很大的棋」。

如是，笨哥買了菜，把作家叫來喝酒；又以作家的名義，將珊姐也請了來。

坐定後，大家同乾了一杯。而後，笨哥問：「富商的爆料，真的會是『一盤很大很大的棋』嗎？」

「應該是吧。」作家一邊夾菜，一邊道。

「那，這『一盤很大很大的棋』，用如此大的力量對付王副，有什麼特別的意義呢？」

「有什麼特別的意義，現在還看不出來。但，這是『一盤很大很大的棋』的一部分，已是十分清晰的了。」

「怎麼說？」

「分兩層。第一層，先爆料珊姐，現在又爆料王副。而這兩次的爆料，都扣住了天上人間、扣住了花魁之死，也都說是特務。其一，是扣住了熱點；其二，是增加了神秘感。是不是在攪渾天上人間花魁之死的水，不好說；但，把天上人間花魁之死、這個謎團越搞越大的目的，是已經達到了。」

「嗯。」笨哥與珊姐都認同。

「第二層，富商爆料珊姐，用的是美國媒體訊博；而這次用的則是香港媒體鏡明，且把鏡明的老板平和也給攬了進來。是不是？」

「是。」

「請注意，這個富商絕對不是一般的商人。他極善於利用各路的名人，也善於利用各種媒體進行炒作。換言之，他極善於調動各路名人名媒，圍著他轉。讓名人名媒都成為他的配角。」

「怎麼說？」

「簡單回顧下。他利用訊博爆料珊姐後，隨即跟史偽鬧翻。這個鬧翻，應該是假的，是炒作。我先不證明，先幫你們回顧一下，他是怎樣利用姓顧的，釣魚、釣劉剛的。」

「劉剛是誰？」

「就是那年通緝令上的第三號人物。」

「你繼續。」

「姓顧的借富商與史偽鬧翻，發表了篇〈致史偽先生〉；富商隨即發 Twitter 道，『顧先生好！您不要希望史偽會給您答案，FB1 正在調查他的秘密資金來源』等。劉剛對富商爆料很熱心，而富商卻不理不睬；在這種時候，富商是用對姓顧的之恭敬，激劉剛，使得寫過〈顧先生是先知先覺〉的劉剛，因此而嫉妒、而立即對姓顧的出言不遜等。」

「這就應該不僅是調動、利用了，而是在實施離間之類的計劃。」

「可能包含離間的目的。但，調動名人，實現話語權的最大化，應該是他的主要目的。富商在爆料初期，就已成功調動了海外所有的名人，包括姓顧的。姓顧的狡猾，因他身在大陸，所以他用的是『反炒』的手法；然而，即使是『反炒』，不也是在圍著富商轉嗎？」

「那富商，或者說是他們，要這麼大的話語權做什麼呢？」

「具體目的或整個計劃，不清楚。但，這肯定是『一盤很大很大的棋』中的一部分。而爆料珊姐、爆料王副，也都不過只是小試牛刀。或許，連整個天上人間花魁之死，都只是其中的一小部分。」

「花魁之死，會是其中的一部分嗎？」

「為什麼不可能呢？」

「如果是拿別人的性命當棋下。這不太過分、也太草菅人命了嗎？」

「不評論。」

「聽說了嗎？王副失蹤了。」
「王副失蹤？真的？」
「應該是真的，我也是剛聽人說的。」
「誰說的？」
「在乎誰說的嗎？」
「也是。咋失蹤的？為啥失蹤？」
「不太清楚，可能與最近的負面傳聞有關。」
「那，王副會不會自殺？」
「自殺？為啥自殺？」
「王副應該不會自殺，除非是被自殺。」
「誰敢讓王副被自殺？」
「難說。」
「假如傳聞都是真的。我是說，官再大，也會有不能動的女人。比如，衛士的老婆……」
「知道了。你是說，戴綠帽子的，會殺了王副？」
「咋不會？」
「得了吧，你沒聽說嗎？如今早已是：要想生活過得去，頭上就得帶點綠。」
「就是。沒准還不少人想帶點綠呢。」
「是你想帶點綠吧？」
「我不行了，我老婆太老了，還是你努力爭取吧。」
「你老婆老了，不還有女兒？」
「你也有個女兒呀，還是你多做貢獻吧。」
「盡瞎扯些啥？到底打聽到沒有？王副究竟有沒有失蹤？」
王副沒有來上班。不知是誰發現的，也不知是誰開始傳的。反正，不到上午 11 點，各辦公室、及洗手間裡，到處都在傳，整個市府大樓裡都傳遍了。

核心，只有一句話：王副沒有來上班，失蹤了。

閃回。

清晨，太陽已把空氣裡彌漫著的水汽給焐熱了，到了早晨，更是有了種洗桑拿浴的感覺。

趕著上班的人們，走出地鐵或公交，不一會就滿臉渾身都是汗。著裝老派的男士們，胸前背上都被勾勒出了背心的輪廓；著體恤的人們，胸前和後背都被印上了大灘的地圖。袒胸露背的女士們，許好些，可那胸前、香肩和背上，也一個個都像是剛出浴似的。

市府大樓前的小廣場上，亦如往日，停滿了各式各款、各種顏色的小車。

8點鐘前，突然湧現出高峰，人們魚貫而入。

8點多，王副的秘書給王副的司機打電話：「昨晚，王副來了好多客人，我滿世界找他，我也給你打了無數個電話，你怎麼不接？你上哪裡去了？」

「昨晚？我有點不舒服，就關機、早早地睡了。」

「如果王副找你呢？」

「我跟王副說過的。他說不用車。」

快 9 點了，王秘沒見到王副，就又把電話打給了王司，問：「見到王副沒有？」

「沒有。」

「沒有叫你的車？」

「沒有。」

快 10 點了，王秘還沒有見到王副，再次把電話打給了王司，道：「見到王副了沒有？」

「還沒有。」

「知道王副去哪了嗎？」

「不知道。」

113

閃回。

載著王副的轎車，在通往延慶的公路上飛馳。

後座上，坐著王副。

王司以為王副要去常去的地方，就沒有問，駕輕就熟地開著車。

過了八達嶺後，王副道：「左拐。」

左拐？這是去哪裡？因為左拐通往營城子橋，再前面就是北郵的世界學院。而那裡，不屬於市府管，但王司沒有問。

不問，是王司的習慣。

王司不關心去哪裡，王副倒好像關心起來了。一路上，多次問離營城子橋還有多遠、離北郵還有多遠，且把車窗搖下來，時不時向窗外已黑了的路旁張望。

途中，王副還兩次讓王司停下車，且自己也下了車，去路邊的舊磚房、破工棚張望，因或鎖著或有人在而又折了回來。

於這些，王副道：「8 點鍾約了人，在不到營城子橋的一個小亭子裡見面。」

王司心想，沒有必要解釋。

還沒有到營城子橋，王副就讓王司停下了車。

沒有見到小亭子，司機建議王副：「您坐在車上，我們開著車找小亭子。」

「不必了。」王副道，「就是這裡，我知道的。」

王副下了車後，對王司道：「對方有車，你自己回去吧。」

司機將車掉了個頭，見四周黑壓壓的，不忍心丟下王副一人，就下了車，道：「我陪著你，等車來我再走。」

「我不用你陪。」王副一把將王司塞進了車裡。

可能是又換了個新的小情人，不願讓人看見。司機這麼想著，就發動了車。

臨走前，王副又關照：「不管誰給你打電話，都別接。明早正常去上班。有人問，就說咱倆沒在一起，我是坐別人的車走的。」

快 11 點了，王秘依舊沒有見到王副，就給市府的秘書長打了個電話，大致說了下情況。

秘書長正在忙，便道：「再等等」。

然而，不知道是什麼人，就把這情況給傳了出來。

如是，就出現了各辦公室、及洗手間裡，到處在傳「王副沒有來上班，失蹤了」的一幕。

此刻，已不僅是王秘著急，而是王司更著急了。

昨晚，王秘一次又一次打電話找王司時，其實王司就在他的老鄉、王副的前任司機那裡閒聊。

上午，王秘第一、第二次打電話找他時，他還能穩得住。第三次打電話找他時，他的心裡就開始發毛、找到他的老鄉商量了。

老鄉說：「穩住。」

可，這都已經 11 點多了，王司又去找他的老鄉問計。

「那你也得穩住。難不成你現在去報告，說王副叫你說謊、對付他們？那以後，你還怎麼當差、怎麼給王副開車？」老鄉道。

也是。王司心裡也這麼想。

可王司的心裡還是放不下，就自己開車去了一趟延慶、去了昨晚放下王副的那地方。

昨晚天黑，也不覺得怎麼；白天一看，才發現那地方實在是荒涼。王司很後悔，後悔昨晚把王副單獨放在了那裡。

回來後，王司把這些跟老鄉一說，兩人都後怕起來了。

商量了一下後，覺得不說實話不行了，負不起這個責，還是得把實話說出來。

賦閑的笨哥手裡沒有案子，就渾身上下、連筋骨都不舒服，便叫上作家，開著車，上天上人間來找珊姐玩。

而珊姐，卻扔下了整個天上人間好幾天，獨自兒消失、獨自兒忙碌，忙得焦頭爛額，剛剛才回來。

　　不過，珊姐見到作家和笨哥來找自己，還特高興，道：「真是心有靈犀一點通呀，你倆咋就不請自來了呢？」

　　作家笑道：「是笨哥想你了。」

　　「你才想她呢。」笨哥老實，開不起這樣的玩笑。

　　「沒事，想我就想我，有什麼大不了的。」珊姐道，「別說，我還真想你倆了呢。」

　　「是想我們兩個人嗎？」

　　「別沒正經，好好聽我說。神經性致幻毒劑，已有了重大的進展。」珊姐道。

　　閃回。

　　珊姐回到了父母的家。

　　在堆積如山的工作筆記與資料中，珊姐翻閱著。

　　窗外，早晨的太陽；夜晚，屋裡的燈光。窗外，早晨的太陽；夜晚，屋裡的燈光……

　　外賣送餐小哥敲門，珊姐開門、接；小哥轉身，空著手下樓。送餐小哥又來敲門，珊姐開門、接；小哥轉身，又空著手下樓……

　　突然，發現在珊母的工作筆記中，有這樣一行秀麗的字跡——

　　神經性致幻毒劑，產自 E 國。此毒物，服後會有一個星期左右的潛伏期，發作時也分兩類狀態：一類，呈現興奮之狀態，具有極強的攻擊性，如殺人等等。另一類，則呈現憂郁之狀態，會導致自殺；而自殺，又分割脈、自縊、跳樓等。

　　窗外的太陽，屋裡的燈光；窗外的太陽，屋裡的燈光……

　　送餐小哥上樓、敲門，小哥轉身、空著手下樓；送餐小哥又敲門，又空著手下樓……

　　珊姐的眼睛，盯住了一本較新的資料上的一行字——

　　神經性致幻毒劑，經開發，現潛伏期已突破一個星期，可長達近一個月。不僅如此，其潛伏期還很可能有進一步的突破。

　　「哇，這實在是太可怕了。」聽完珊姐的敘述，笨哥道，「神經性致幻毒劑，這招也太損、太陰毒了。破案，從來都講究作案的時

間、地點、兇手、作案的動機等等；而這樣一來，什麼時間、地點等等，不就一下子全都被打亂了？而打亂了時間、地點等等，這無疑就使破案的難度增加了數百、上千倍。」

「是呀，聽得我也手腳都冰涼了。」作家道。

「不過，說真的，這回珊姐真的是大功一件。把這神秘的神經性致幻毒劑，弄得這般清晰。」笨哥道。

「是。」作家道，「沒准花魁就是被服用了神經性致幻毒劑。從目前情況看，很有這種可能。」

笨哥道：「珊姐，我覺得：下一步，你應該注意，時不時出沒於天上人間的那幾個 E 國女。」

「對！那幾個 E 國女，非常可疑。」

「我早留意了。」珊姐道。

作家道：「對了。笨哥，如果真的是因神經性致幻毒劑而破了花魁之死案的話，我隆重建議：你們刑警大隊，把珊姐收了。」

「我才不要當警察呢。」

「當警察有什麼不好嗎？」笨哥問。

「也不是不好。我是自由慣了，連特工都不願當，最終當個警察，這不是找罪受嗎？」

「你若是當了警察，我不就有了個穿制服的女友了嗎？」作家道。

「別美！我才不是你的女友呢，我們只是心靈伴侶。」

「心靈伴侶不比女友更親近嗎？」

「那不一樣。心靈伴侶，是可以沒有那種關係的。你懂嗎？」

「哪種關係？」作家問。

「你找打！」說著，珊姐的小拳拳像雨點般地落在了作家的身上。雖說只是玩笑，然，珊姐畢竟是個練家子，如此，作家便只有抱頭鼠竄與嚎叫的份了。

而珊姐，則一邊追打、還一邊追問：「還敢不敢欺負姐了？你快說，還敢不敢欺負姐了？」

作家笑道：「誰欺負誰，大家心裡都很明白。」

「這麼說，你是不是還很委屈？」

「我委屈不委屈事小。我是擔心你，這麼厲害誰敢要你？」

「還嘴硬，是不？」

笨哥發話了：「你倆，鬧夠了沒有？沒鬧夠，繼續；鬧夠了，我說個正經的。」

「好，你說。」作家趕緊道。

笨哥道：「早幾年，邢隊曾被借調到國安去幫忙工作。也就是說，邢隊是有可能了解到這種神經性致幻毒劑的；甚至，也很有可能接觸到 E 國女。」

「那邢隊就很有可能是殺害花魁的兇手。」

「當然，我剛剛說的，有可能了解致幻毒劑與接觸到 E 國女，都是指資料。」

「能夠接觸到資料，就能夠接觸到人，也能夠接觸到毒劑。」

「那麼，邢隊殺害花魁的動機，又是什麼呢？」

兩個司機一報告、一說實話，差點沒把王秘嚇暈過去。幸好，做秘書的見多識廣，且重要的都作過匯報。

待王秘回過神來，趕緊抓起電話，越級打給了陳市。

陳市聽說後，立馬把電話打到延慶縣長那裡問詢。縣長說沒見到王副，最近也沒聯繫過他。

王副真失蹤了？所有人都有了種不祥的預感。

陳市立馬接通了市局，命令局長立即組織人馬、去延慶，務必要找到王副。

剛放下陳市的電話，邢隊已出現在了局長的眼前，請纓組建一支精幹的小分隊，親率前往。

局長想了想，對邢隊道：「你手上有天上人間花魁之死大案，給我把笨哥叫來。」

邢隊道：「天上人間花魁之死案，必成懸案，可以放一放的。」

「你是怎麼知道會必成懸案的？」

「我憑經驗。副市失蹤了，不更重要嗎？」

局長怒懟道：「知道重要，還不趕緊給我去叫笨哥？」

如是，邢隊只好走了出去。

人類創造網絡，網絡改變人類。而這究竟是科技的進步，還是文明的崩塌？

暫且，沒有人能夠說得清。現在能說清的人，是扯淡；將來能說清的人，是對歷史的總結。

或許，這就是種安排，而後再被另一種不可知的力量打破。

沒道理，不也是一種道理？因，邏輯也是人造的。

不可知的力與能等等，還有多少呢？

作家剛看到富商在海外爆料笨哥的信息，還沒有來得及仔細研究，手機的鈴聲就響了。

拿起手機一看，是珊姐打來的。接通後，珊姐在電話那頭道：「作家，看到富商在海外黑笨哥了嗎？」

「剛看到，還沒具體看，更沒來得及仔細研究。」

「不用研究，跟上次黑我的手法差不多，就是在抹黑笨哥。」

作家道：「那你急什麼呢？這只能說明，他們已狗急跳牆、慌不擇路了。現在，笨哥已被委予重任，他沒工夫看這些；而我們，千萬不要主動聯繫笨哥，尤其是不要提富商海外爆料這茬。」

「可我們不說，別人也會說的呀！他每天接觸那麼多的人，怎麼會沒有人說呢？」

「說的人八成是別有用心。笨哥不傻。」

「也對。」

「誰主動跟笨哥提富商海外爆料這茬，誰就暴露了；而這個人，應該就是對手，或是對手安排的，至少也是個潛在的對手。」

「應該是這樣。」

「破王副案，是目前的重中之重、是大事。如果能破了，於笨哥而言就是大功一件。沒准，已擱淺下來的花魁之死案，也會就手被笨哥接過來。甚至，沒准還會在破王副案之中，順帶把花魁之死案給破了。」

「是，我也這麼想過。」

「你也這麼想過？那就說明這個想法，有潛在的邏輯性。因此，現在要做的，是稍安勿躁，靜觀其變。是不是？」

「是的。」

大通間辦公室裡，尋找王副專案組成立。

笨哥正在給抽調來的眾警講話、布置工作，開場即道：「我這人笨，笨人用笨辦法。」

笨哥等待著大家的反應，可眾人沒有反應；如是，便接著道：「兵分兩路。」

笨哥又用眼睛掃了下整個辦公室，才道：「身體好的、能夠連續作戰的，跟我去延慶。另一路，以女將為主，在家；由警花領著，用老辦法發動群眾，展開全面排查。」

「不能公開王副失蹤的信息吧？」警花道。

「當然不能公開。」笨哥道，「就說走丟了個男的，大約四五十歲。越虛越好。通過全面排查，梳理下各方面的疑點；如果有王副的消息，自然也能得到。」

「好的。」警花道，「我打算花一些錢，搞點調動積極性的辦法，可以嗎？」

「可以。你做主，你說了算。」

「好的。」

「還有沒有問題？還有沒有不清楚的了？」笨哥問。

「沒有問題，都清楚了。」眾警回答。

「好，那就由警花分一分人手。家裡有困難，不能去延慶的，

找她說。半個小時後，出發。」

車隊出發時，太陽已經偏西了。

火紅的太陽掛在天際，如煉鋼爐的爐膛，將滾滾的熱浪倒向京城，也倒向行進中的車隊。

車裡，有空調，身體倒還不覺著怎樣；但，眼睛裡，到處都是曬了整整一天、 曬蔫了的城市、街道和街道上的行人。

車隊向北，一路向北。既沒有開警燈，也沒有鳴警笛，但如此龐大而有序的車隊，還是讓一些行人似乎感覺到了啥，並駐足觀望。

笨哥的腦子裡，想象著到延慶後、可能出現的狀況，及一套套應對的方案。

到了延慶，天色已晚。

幸好，局長與延慶方面已有溝通，縣長亦已讓人在縣府大食堂裡備下了綠豆湯與飯菜。

那就讓所有的人下車，先填飽肚子。

警犬也跟著下了車，把當地的土狗嚇得「汪汪」亂叫。

吃飽後，又重新上車，在王副的司機的引導下，直奔昨晚的地方。

確認了是王司昨晚留下王副的地方後，笨哥命所有人分成兩隊，沿公路兩側展開，呈兩個平面、搜索推進。

每五米間距，就安排了一個人；每個人的手上，都有根長竹竿……隊伍在搜索中前進……

忽然，一陣大風鋪天蓋地地刮來；大風裹挾著泥沙，讓人睜不開眼睛。且，剛剛還是讓人熱得汗流浹背的天氣，突然降溫，降到了讓人凍得瑟瑟發抖。

沒法前行，更沒有辦法搜索了。笨哥向局長請示，局長向陳市請示；陳市也沒有什麼好辦法。

只能將散開的隊伍收攏，回縣府待命。

　　笨哥那邊無法展開，警花這邊倒是已全面展開了。

　　警花首先想到了朝陽群眾、西城大媽、海澱網友、豐台勸導隊等骨幹群眾，並將自己的人手分成若干個小組，派往各分局；還指令各分局也組成若干個小組，派往所轄的派出所。

　　而後，再讓派出所動員所有警力，深入到每一個社區，與社區幹部一起，去動員基層骨幹力量。

　　此外，還頒布了嘉獎辦法：按信息價值分成三個等級。一等獎，獎一大桶色拉油和一紙盒草雞蛋；二等獎，獎一大桶色拉油；三等獎，獎一紙盒草雞蛋。

　　如此一來，所有人的情緒都高漲，連夜深入到了每一戶去做工作。

　　第二天清晨，笨哥又率領所有人員，沿公路兩側展開，開始了拉網式搜山。

　　不到一刻鍾，就有人在半山腰的一條乾了的小水溝裡，發現了一具死了約有一天的男屍。

　　笨哥趕緊飛奔到了死者的跟前。

　　死者，仰面朝天，上身半靠在一塊石頭上，下身跌坐在乾水溝裡。從衣著上看，死者很講究，他的右手上還握著一支微型手槍。

　　叫王副的司機來辨認。王司一看衣著與身形，馬上就確認是王副。笨哥叫他仔細看看臉，看過後，依舊確認是王副。

　　笨哥掏出手機，一邊向局長匯報，一邊用另一只手、指指點點地指揮拍照。

　　拍完了照，笨哥親手檢查屍體，發現：右耳上方，有一個子彈射入的孔；左耳上方，有一個子彈貫穿後飛出的孔。

　　頭上的兩個對穿的彈孔，都有流向後腦勺的、乾了的柱狀血跡；頭部下方的地上、草上、枯樹葉上，也有少量流淌或滴落的血跡。

再仔細勘察，王副的右手緊握著微型手槍，食指扣在扳機上；倒地後，槍口向左。右腿伸直，左腿微曲。屍體上的衣著完整，沒有拉扯、撕打或被拖拽過的痕跡與破損。

又仔細端詳了王副仍扣在扳機上的食指，注意到這是種屍狀的痙攣形態，笨哥心想：這是自殺，自己開槍擊中頭部、導致瞬間死亡而形成的僵屍的典型姿態。如果是他殺，則無法形成與保持住這食指緊貼在扳機上的屍僵狀態。

但事關重大，笨哥沒有輕易將結論說出口，只是叫來專職拍照的，指點他補拍了幾張食指緊扣手槍扳機的、多角度的特寫。

上午 10 點左右，局長陪著陳市到達現場。

陳市板著臉、緊鎖著眉頭，在現場轉了一圈後，就上了自己的車。但，車子並沒有開走。

在現場，局長立即宣布：王副之死專案組成立——組長，笨哥；副組長，警花。

同時宣布：王副之死專案領導小組成立——組長，陳市；副組長，局長。

宣布完專案組與領導小組成立後，局長又向笨哥交代道：「屍體，肯定是要做解剖的。當然，這得先請示部裡。所以，現場以及屍體的工作，一定要做得紮實，經得起各方面的詢問等等。」

「是，一定做紮實。」笨哥應道。

局長又看了眼王副的屍體，這才離去，才上了陳市的車。

兩輛車緩緩啟動，局長的空車跟在陳市的車的後面，一前一後地離開、向市區的方向駛去。

究竟是自殺、還是他殺？這，已無疑是王副案的關鍵之所在。

笨哥命人先將王副的雙手，用塑料袋包上；尤其是那只握槍的手，包了兩層塑料袋。而後，這才將屍體裝進屍體袋中。

屍體裝車後，又仔細勘察了現場。

在使用了金屬探測器，又經過了多次拉網式搜尋後，才終於找到了子彈頭一枚、彈殼一枚。

從彈孔看，是近距離擊發；且周圍幾十米、乃至一公裡之內，都沒有發現任何較新鮮的腳印。笨哥想，雖還不能下自殺的結論，但這種可能性，已經是在百分之九十五以上了。

可，為什麼要自殺呢？笨哥突然間又想到了花魁。

花魁，也是自殺。王副的自殺與花魁的自殺，有沒有某種關係？如果有的話，兩者之間又是什麼關係呢？

教授的書齋依舊，擺設依舊、風格依舊。

邢隊拎著瓶 xo 人頭馬，像風一樣闖進了教授的書齋，道：「來，好好慶祝一下！」

「慶祝什麼呢？」教授接過邢隊手中的酒。

「特大喜訊。」邢隊壓低了聲音，卻抑制不住興奮地道，「王副死啦！自殺身亡。『呼』的一槍，就自我解決了。」

教授拿出了兩個高腳酒杯，打開了瓶蓋，斟了兩杯酒，將一杯酒遞給邢隊後，才問：「真的是自殺了？這消息准確嗎？」

「准確，真的，自殺身亡。」邢隊道。

「是王副嗎？」

「是呀，百分之一百。」

「可，王副自殺身亡，也未必就是件好事。」

「為什麼？」

「皮夾克是王副易容的，公開了嗎？」

「沒有。」

「也就是說，至今，除了你，天上人間與專案組的人，都不知道王副易容、都不知道王副就是皮夾克。對嗎？」

「對。」

「可你是壓不住的，總會有人留意到皮夾克的。不是嗎？」

「我沒打算再壓，馬上就可以捅破。」

「捅破？王副已死，誰證明皮夾克就是王副？」

「花魁也可以證明。」

「可，花魁不是也死了嗎？」

「是的，除了我，現在還真沒有人知道。可一捅破，誰會不信呢？關鍵，這是個事實。任何一個稍有點經驗的刑警，都可以通過形態、步態等等分析出來。」

「事實，不重要；能分析出來，也不重要。你有沒有感覺到，王副死了，皮夾克就查出來了，這會給人一種怎樣的感覺？進而，會不會有人通過王副與大美女的關係，懷疑王副的死與你有關呢？」

「這不用怕。因為，王副的死，確實與我沒有任何直接的關係。」

「關鍵是，皮夾克就是王副的話，那麼，原本懷疑皮夾克可能是殺死花魁的嫌疑人，這就不成立了；因為，王副不太可能殺死花魁。應該是這樣吧？」

「是。」

「沒有了他殺的嫌疑人，花魁之死就只有按自殺結案；而按自殺結案，從花魁自殺的邏輯上來講，卻又是無法說通的。」

「說不通又怎樣？歷史上懸案多著呢。」

「當然，可以成為懸案。但，成了懸案，不就是沒有結案嗎？沒有結案的案子，就一定會有人去琢磨，將來也一定會有人接手。」

「也是。花魁之死該做成鐵案。」

「要想做成鐵案，就必須有人來頂替皮夾克。」

「是的。」

「這個人需具備一些條件。」

「來，梳理下。」

「第一，這個人要是賊，或做過賊。在偷竊之中，被花魁發現……這樣，就與殺人動機統一了。」

「對。」

「第二，這個人要打過架、傷過人，最好坐過牢，或是黑社會的一個什麼人。總之，得是個狠角色，不能軟塌塌的。」

「嗯。」

「第三，這個人最好還涉毒。無論是做服他，還是講條件，都需要他很清楚自己必須死，而且是願意去死。」

「有，有這麼個人。從個頭、身材、形態上講，還都蠻像。」

閃回。

「哎喲！哥們你輕點，手都快要給你扳斷了。」被邢隊一把擒拿住了關節的那人，痛苦地哀嚎。

邢隊就手把那人反銬在了旁邊的樹幹上，道：「你還跑嗎？」

「不跑了，保證不跑了。」

邢隊搜了搜那人的身，沒有搜到毒品或毒資，便又從上到下打量了一遍那人，而後道：「脫鞋，你把鞋脫了。」

「你這是幹嘛？幹嘛要脫鞋？我鞋裡又沒有東西。」

邢隊揮手就是一記勾拳，狠狠地搗在那人的小肚子上，然後道：「脫不？」

「脫，我脫。」那人兩只腳互踩著，脫下了鞋，道，「哥們，文明點行不？」

「踢過來。」邢隊指令道。

那人按邢隊的指令，將鞋踢到了邢隊跟前。

「我倒是想文明點，你不肯配合，叫我咋文明呢？」邢隊彎下腰，撿起了那人的鞋查看。

那是一雙內增高鞋。邢隊打量了下那人的個子，掏出匕首，伸進鞋窩裡一挖，膠住的鞋墊翹了起來，下面露出一包包白色的小塑料包。

「這是什麼？」邢隊問道。

「我也不知道。」

「你不知道？」邢隊站起身來，活動了一下手關節。

那人趕緊道：「知道、知道，是海洛因。」

邢隊指了指那人的肚子，問：「還有嗎？現在說和待會說，性質可是不一樣的。」

「保證沒有，發誓沒有。」

「即使沒有。就這些，也夠你的死罪了。」

「死罪，又咋樣？玩到這地步，誰還會怕死？怕死還會玩這嗎？」那人道，「倒是你，能立功嗎？恐怕是連個小功都立不上吧？」

邢隊笑道：「不立功，也得抓你。」

「這就是你不聰明了。哥們，放我，這些全歸你。」

「我要你這些破東西幹嘛？我又不吸毒。」

「不吸，這也都是錢呀。」

「想讓我當毒販？小心我再揍你！」

「哥們，我不是這個意思。我照樣讓你抓，你把我當刑事犯抓，如何？商量下。」

「哦，是怕抄你家？家裡一定藏有不少毒資吧？」

「不說沒用的。哥們，你若是把我當刑事犯抓，將來需要時，我可以幫你頂死罪。」

「你才會有死罪呢！」

「不是、不是。我的意思是，如果有人需要人幫著頂死罪時，你可以讓我去頂。這你懂的，不用我多說。」

閃回。

某賓館，一間豪華的包廂裡，一桌豐盛的菜肴；席間只有兩人，一個是高官模樣的人，再一個就是邢隊。

「能不能調個包？」

「沒有人，沒有合適的人。」

「幫幫忙吧，我就這麼一個兒子……」

「不是我不肯幫你的忙。真的，沒有合適的人。」

邢隊道：「怎麼讓我相信你呢？」

「這好辦。我馬上叫幾個弟兄過來，我捅其中的一個一刀；你把我抓進去，判二緩三、判三緩四，都行。這樣，我不可能跑吧？你用得著我時，我就出來頂死罪。」

「我是說，你怎麼讓我信你，日後還能兌現今天的諾言？」

「這就更不是問題了。在道上混，我也不是一天兩天了；真到了該死時，我不去，以後還咋做人？我也丟不起這人。」

「可信嗎？」

「你不試，咋知道可信不可信呢？」

「你要是讓我上當呢？」

「我敢讓你上當嗎？我要是讓你上了當，你整治我的辦法不有得是？再說，你看我是不講信義的人嗎？我絕對不是那種人！」

教授問：「那人真的可信嗎？」

「那種人，確實很講義氣。當然，也沒有什麼人是絕對可信的。」邢隊道。

「倒也是。可，那人用什麼辦法進花魁的房間？」

「縮骨術。」

「啥？」

「就說那人會縮骨術，是從防盜窗的欄杆間隙裡鑽進去的。」

「那人真的會？」

「會不會不重要，重要的是能讓人相信。」

「那怎麼能讓人相信呢？」

「玩個魔術。」

「玩個魔術？這可怎麼玩呀？」

「那人有點魔術功底，讓他好好恢復一下，而後再把他抓進來。監獄裡有的是鐵欄杆，間隙也跟天上人間的差不多寬；布置好現場後，多叫些人來看，並且錄像。他只需要一次性地騙過現場的人的眼睛，這現場看過的人，就都是人證；而現場的錄像，則就是

物證。」

「妙！等到那人被執行死刑以後，這場魔術表演、就成了真正的縮骨術的表演了。」

「再想想，還有沒有什麼疏漏的？」

「當初，你們已勘查過現場，沒有他的手印、腳印，怎麼辦？」

「這簡單。教他說，是戴了手套、鞋套作案的。」

「那就沒有什麼了。」

「關鍵，還是他會不會兌現當初的諾言，肯不肯赴死。」

「那咋辦呢？到了真正要死的時候，絕大多數的人都是會退縮的。你說是不是這樣？」

「是，但也沒有其他辦法，只有賭一把。」

邢隊的報告及錄像資料，剛送到局長的辦公桌上，大約局長還沒有來得及看，天上人間花魁之死大案告破，以及縮骨術等等，已經在京城裡傳得沸沸揚揚。

清晨，已沒有了清晨的感覺。一大清早，就跟昨日傍晚太陽剛下山後一樣；除非躲進空調房間裡，到哪都像是在浴室裡。

喝水，一身汗；不喝水，也是一身汗。無論誰的擦汗毛巾，只要輕輕一擰，都能擰出大半碗的水。

街心公園裡，鳥兒們依舊在枝條上「嘰嘰喳喳」地亂叫著。

遛鳥的老爺子，一見到紅歌，等不及他找個地方挂上那兩個鳥籠，便道：「知道嗎？天上人間花魁之死那大案，破了。」

「真的？」

「當然是真的。誰還會騙你？」

「兇手是啥樣的人？」

「你猜。」

「我猜？我猜是警察，這有可能嗎？」

「抬槓。好好猜。」

「不猜。倒是你，好好說。不說，我就去別處聽。」

「好，我說。是個賊，慣偷。」

「現在小偷也會殺人？」

「啥小偷？那是慣偷、神偷，還會縮骨術。」

「真的？」

「那還有假？據說，那神偷一使縮骨術，就鑽過了不鏽鋼的防盜窗欄杆，躲在了花魁房間的窗簾後面。屏住呼吸，四下裡觀察了一下，發現屋裡沒有人，就溜出來打算偷盜。可一打開花魁的床頭櫃，那賊嚇傻了，從沒見過有這麼多的金銀首飾呀。正當他發愣的當口，花魁推門進來了。你猜，後來會咋樣？」

「你就好好說，別賣關子。」

「那賊，『哧溜』一下，躲到了花魁的床底下。你知道花魁回來要幹啥？換首飾。換首飾就自然要打開床頭櫃。可打開床頭櫃，就立馬發現被人動過了；再低頭一看，地上還掉了一枚戒指。正彎腰去撿，無意中瞅了一眼床下；而這一瞅，恰與那賊來了個眼對眼。」

「哇，倒像驚悚片電影。」

「是吧？說時遲，那時快。那賊，『哧溜』一下從床底下鑽了出來，一把捂住了花魁的嘴，就勢把花魁放倒在床上。花魁英勇不屈，張嘴咬那賊的手；賊抓過枕頭，捂在花魁的臉上。花魁掙扎著，兩條腿不停地蹬踢著，那賊就拼盡了全身力氣去捂……等到花魁蹬踢不動時，那賊挪開枕頭一看，徹底傻眼了——花魁已經死了。」

「哇，太慘了。」

「別打岔，好好聽。那賊，試了試花魁的鼻息，沒有氣息了；搭了搭花魁的脈搏，也沒有脈動了。糟，闖禍了。那賊想溜，可一想：溜到哪都會被查到。而最好的辦法，就是偽造個自殺的現場。如是，那賊四處張望了下，想到把花魁挂在防盜窗的不鏽鋼欄杆上。」

「這賊，真夠壞的。」

「別打岔。如是，那賊在床單上撕下根布條，在防盜窗欄杆上打了個死結；而後抱起花魁的屍體，往那根布條的套圈上掛。誰料，花魁是窒息性假死，不是真死，沒有死透。被賊抱著挪到了窗前，而後再往上掛，這麼一折騰，竟喘過了氣來。儘管是喘過了氣來，可是花魁還是已經被吊在了那布條上；花魁，就拼命地掙扎。」

「那趕緊救人呀！」

「哎，看來你是個好人。可，那賊不是這樣想的。那賊想，我要是把她救下來，救活她，她必然要叫；她一叫，我就得被抓，而後就得去坐牢。與其我被抓、去坐牢，還不如就讓她死掉……就在那賊想著這些時，花魁不動了，死了。這回，可是真的死了，死得透透的。」

「哇，可惡！」

「更可惡的，是那賊試了試花魁的鼻息，搭了搭花魁的脈搏，道：『姐們，你這一死，我啥東西也不能拿了。你呀你，壞了我的財路，所以，你就該死。』」

「真的？這傢伙，太可惡了。抓到了沒有？」

「抓到了。沒抓到，哪能知道這麼多的細節呢，是不是？」

「那趕緊殺了這賊，從重從快！」

隨著街頭傳聞的沸沸揚揚，富商在海外也開始爆料了。

富商在視頻直播中說：「那賊在床下與花魁一對眼，叫道：『哇塞，從沒見過如此美麗的美女！』那賊，『哧溜』一下從床底下鑽出，抱起花魁放倒在床上，就急吼吼地去扯花魁的裙帶。花魁不從，兩人扭打起來；花魁要叫，那人便捂住了花魁的嘴。那賊，壓在花魁的身上，一只手捂住花魁的嘴，另一只手還在摸索著扯花魁的裙帶。不一會，花魁就不動了。那賊一看，花魁已沒有了呼吸，死了。死了也不能放過呀，因為花魁實在太美了。」

富商在視頻中咽下了一口口水，而後道：「就這麼，那賊奸了花魁的屍。奸完後，他提起褲子就想跑。可又一想，無論跑到哪裡不還會被抓回來？如是，他想出了一招——把花魁偽裝成自己上吊死的。這就是天上人間花魁之死的全部過程。」

為了證明他所說的，真實、可信；富商，還拿出那賊表演的縮骨術的視頻，嵌在他自己的視頻中，讓所有人眼見為實。

富商把視頻發在 Twitter 上、放在 youtube 中，這下可讓老外們一飽了眼福。

沒見識過縮骨術的土老外們，搶著為富商點讚，有的還跟帖留言：「中華武術，博大精深、源遠流長！比咱的拳擊，要高大上！」

包廂裡沒有人。作家和珊姐，一前一後走進了包廂。

進屋後，珊姐用腳後跟關上了門，又伸手從裡面把門別上；作家返身回望，正好被珊姐抱了個滿懷。

「哈哈。」作家笑道，「整天混跡於聲色場所，長得又這麼漂亮，還會缺男人嗎？」

「我缺的是心靈的伴侶。」珊姐沒有松手的意思。

作家抱了抱珊姐骨感的身體，又輕輕地拍了拍那頂著一頭染成了金黃色的秀發的腦袋，再撫了撫她的臉頰，安慰道：「好，來坐下聊。」

抱了抱之後，珊姐又恢復了她的本來面目，道：「你知道我最討厭你什麼嗎？」

「你討厭我什麼？」

「我最討厭你裝，總裝得像我爹。」

「哈哈。」作家開心地笑了，問，「我哪一點像你爹？」

「你呀，哪一點都不像我爹，而是裝得像我爹。」

「是嗎？」

「是。」珊姐道，「哪天，我非得給你下點安眠藥，而後把你給扒個精光。到那時，我看你還裝不裝？」

「那肯定還得裝。」

「裝啥？」

「裝死唄。」

「哈哈。」這回，可輪到珊姐開懷大笑了。

「你這裡的進展如何？」作家道，「笨哥可是殺回去了。而且，王副之死專案組，實際上比花魁之死專案組重要得多，沒准還能摟草打兔子。你的進度，能跟得上笨哥嗎？」

「能不能跟得上，說不准。反正，我這裡也有進展。」

「說說看。」

「好。」珊姐道，「在高檔場所走動的 E 國女，主要的有安娜、葉蓮娜、納斯佳、瑪麗婭、莉莉婭等這幾個。我對她們逐個進行了研究，初步可以排除安娜、納斯佳、瑪麗婭、莉莉婭。也就是說，只有葉蓮娜最有可能是 E 國的特工。」

「那麼，這個葉蓮娜、會不會與神經性致幻毒劑有關係呢？」

「有這種可能。」

「你具體分析一下。」

「葉蓮娜的父親，是 E 國前身的特工。」

「跟你一樣？」

「怎麼跟我一樣？她們國家的經濟形勢不佳，就業面很窄，這樣就很可能繼承父業。而我就不一樣了。」

「也有道理。」

「此外，在掙錢的態度上，葉蓮娜與安娜她們也不完全一樣。她總給我一種感覺，在夜總會裡掙錢，不過是她的一項副業。」

「嗯，女人的感覺，有時是很准的。」

「所以，不僅要設法盯住她，還要想辦法盯住她所有的銀行賬戶。這樣，更容易看出眉目來。」

「嗯，這一點，我來找個機會跟笨哥說一下。你最好別有啥動作，別驚動了她。」

「我也是這樣想的。」珊姐道，「如果葉蓮娜真的與神經性致幻

毒劑有關，而邢隊接觸到葉蓮娜是很容易的，接觸的可能性也就大大增加了。如此，邢隊的嫌疑，也是相當大的。」

「我們思考問題時，不能把目標直接指向邢隊。」

「我知道，沒有證據，別說是邢隊，對誰都不可以。可是，如果抓了葉蓮娜呢？你想，情況不就不一樣了嗎？」

「沒證據，你讓笨哥以什麼理由抓？抓，是需要火候的。」

「反正，我覺得，只要把葉蓮娜一抓，突擊一下，什麼證據呀等等，就都可以解決了。」

「她要是不肯交代呢？」

「不會吧。E國的價值觀已經崩塌，現在正處在最混亂的時期，她有必要用自己的自由甚至是生命來維護嗎？」

「未必吧？對E國的了解，只怕你也是表面上的。」

這時，珊姐的手機鈴聲響了。

「是老板。」珊姐看了一眼手機，悄悄對作家道；而後，接通了電話：「老板，您好！有什麼指示？」

「沒指示就不可以關心你嗎？」對方道。

「老板，我不是這意思。」

「和誰在一起？」

「作家。」

「哦，請你轉告：第一，我非常感謝他。第二，他有什麼要求，都可以提出來。我一定給他辦到。」

珊姐捂住了手機的話筒，對作家道：「你都聽到了。」

作家道：「替我謝謝！可我真不敢高攀。」

珊姐拿開捂著手機話筒的手，道：「他讓我謝謝您。具體是什麼要求，要想好了再說。」

「那也好，那就先這樣。」老板那邊，挂上了電話。

作家對珊姐道：「你這樣說，不就接受了？」

「幹嘛不接受？又假清高！」

「這可不是清高不清高，而是真的不敢參與到這派那派中去。」

花魁之死一案，終於告破了。兇手，就是皮夾克；而皮夾克，是個慣偷，還會縮骨術。

　　此外，天上人間的監控錄像中，也常有他的身影；他早有預謀，常去踩點。

　　人算不如天算。儘管他常去踩點，可他還是失算了——在他正准備實施盜竊時，不期被花魁撞見。如是，他殺死了花魁。

　　最重要的，是邢隊在早年的反扒活動中抓過他；最近，在比對視頻時，一下子就認出了他。

　　邢隊立即帶人將皮夾克捉拿歸案。歸案後，既沒有打、也沒有罵，而是在政策的攻心下，他已供認不諱。

　　消息報告給局長，局長高興得立馬抓起電話，向陳市匯報。

　　陳市指示：開慶功表彰會，重獎所有參戰人員。

　　這邊，專案組剛剛在大通間辦公室裡布置好會場；那邊，局長已帶人，將一大皮箱的人民幣現金運到了。

　　打開皮箱，全都是一百元一百元的紅票子。所有天上人間花魁之死專案組人員，個個有份，連已調出去的警花、笨哥等也有份；自然，獎勵的多與少，則要論功行賞。

　　領到一大捆人民幣的年輕人，尤其是實習生，忍不住地高呼：「邢隊萬歲！」

　　邢隊謙遜地道：「是局長領導得好。局長萬歲！」

　　局長道：「功勞歸陳市。陳市萬歲！」

　　陳市會說啥，不得而知。

　　王副的屍檢報告，也終於出來了。

　　初步鑑定，王副手中的手槍，是國產八四式 7.62 毫米手槍，子彈是六四式 7.62 毫米子彈；手槍的槍膛裡還有子彈一發，彈匣裡還有子彈三發。槍支各部機件完好，擊發正常。

痕跡鑒定，現場找到的子彈頭與子彈殼，都是從王副手中的微型槍裡發射出來的。

王副身上的衣兜與褲兜裡，共有鑰匙一串、記事本一個、名片多張，還有眼鏡一副、一次性打火機一個、軟中華香煙半盒；王副的身邊，另有黑色皮質槍袋一個，槍袋裡有彈匣一支，彈匣內裝有子彈 5 發。

初步的結論，衣著整齊，不符合他殺的特征。

經王副的妻子對解剖的認可與簽字，屍檢工作亦隨即展開。

死者的屍體，發育正常，營養良好，有屍斑與屍僵的現象。而從肚子較大、雙下肢較細看，死者生前長期缺少運動。

死者的頭顱，沒有明顯的變形。右側太陽穴處可見一圓形創口，創口邊緣皮膚已被燒焦。可斷定這是子彈射入口。一般只有槍口離皮膚 15 厘米內，皮膚才能形成燒焦的狀態。

右側的創口，周圍的皮膚表面還附有少量的黑色物質，這是子彈裡火焰燃燒時的殘留物。同樣，只有在槍口距離皮膚很近的情況下才會出現。

右側創口的下方，皮膚有些許挫傷，而上方卻沒有。這說明，當時的槍口是朝左上方的，且下緣已抵在皮膚上，符合右手持槍朝太陽穴射擊的自殺的握槍姿勢。

在右手上，粘取到擊發時遺留下的殘留物。這是開槍時，火藥不可能充分燃燒，從槍身縫隙處噴出、形成的微粒。經檢測與比對，右手上的殘留火藥微粒，與手槍子彈裡的火藥是同一種。

解剖結果顯示，顱內、眼眶上均有骨折現象，系子彈穿過及其動能所導致。

胃壁上有小片青菜葉，可推斷出死者的死亡時間距最後一頓飯約 3 小時左右。胃內容物、胃壁組織及心髒內血液、肝髒和尿液，均未發現酒精或嗎啡、海洛因等，也未有常見的安眠鎮靜藥物與其他毒物。

法醫鑑定結論，王副系用手槍抵近並接觸射擊頭部、造成重度開放性顱腦損傷而死亡，創口符合自己右手開槍形成。

自殺的結論出來了，那麼，王副的手槍和子彈是從哪來的呢？

閃回。

約天上人間花魁之死後的第十一天，市府、王副的辦公室。

「整十天了。是我的秘書沒有跟你說，還是你忘了，或是我的話現在不管用了？」王副道。

局長面有難色：「真的很難辦，槍支管得太緊。」

「又沒要真子彈，有橡皮子彈、能防身就行。這有什麼難的？我這級別，難道連配槍的資格都沒有？」

「那我馬上向部裡請示，如果能批准，我立馬選一支好槍，讓人給你送來。」

「行，你去吧。」

第二天的下午，市局就派趙處把一支八四式 7.62 毫米手槍和 10 發橡皮子彈及槍袋送到了王副的辦公室。

趙處還給王副示範了一遍如何使用手槍，並將槍支保管注意事項等都說了一遍。

閃回。

約天上人間花魁之死後的第二十一天，市局的八一射擊場。

市局派來的趙處，陪同王副來到了射擊台前。

趙處將一支八四式 7.62 毫米手槍和一盒 50 發的六四式 7.62 毫米子彈放在射擊台上後，便跑去更換靶紙。

待換好靶紙，趙處回到射擊台前時，王副已將子彈盒的包裝拆開了，把子彈全都倒在了射擊台上；王副還已壓滿了兩支彈匣，且將其中的一支彈匣裝進了槍裡。

「來，檢查下，看我裝的對不對。」王副道。

趙處卸下了彈匣，檢查了一遍槍支後，再重新裝上彈匣，而後遞給王副，道：「對的，裝得挺好。」

　　王副在趙處的指導下，打開了手槍的保險後，開始練射擊。

　　趙處一邊看著王副射擊，一邊幫著往彈匣裡壓子彈。在射擊的過程中，王副還時不時跟趙處講他的瞄准心得等等，還有幾次停下來，請趙處示範一下，打上一槍。

　　兩人一直到把射擊台上的子彈全都打光。

　　王副死後，現場余下的子彈，與那次打靶中的子彈完全相同。很顯然，是王副趁子彈離開趙處的視線時，私留下來的；而這在市局的子彈出入庫記錄中，那次打靶的子彈則是已經全都消耗掉的。

　　是趙處的疏忽，子彈離開了他的視線近 10 分鍾，且子彈盒也被王副擅自拆封；趙處回來後，見到子彈散放在射擊台上，卻沒有及時清點。這些都是造成王副開槍自殺的間接原因。

　　那麼，王副為何要在天上人間發生花魁之死後的第二天，向市局提出配槍要求呢？王副與天上人間花魁之死一案，有沒有關係？尤其是王副之死一案，與花魁之死一案之間，有沒有某種內在的關係呢？

　　笨哥在辦理王副之死案中，又忍不住想到了花魁之死一案。雖然，花魁之死一案，已經告破，也開過慶功表彰會了，然而，他覺得事情沒有那麼簡單。

　　王副為什麼要求配槍？是為了准備自殺嗎？這顯然是說不通的。那麼，就剩下了一種可能，王副感受到了有人要加害他。想想，笨哥又想回到了王副之死案上來。

　　可，會是誰、想加害王副呢？且，應該是這人、明確地讓王副感覺到了需要有槍支來防身。那麼，就只有一種可能，王副預感到要加害他的那個人，手裡有槍，或很容易弄到槍。

　　然而，在當今社會中，手裡有槍或很容易弄到槍的人，實在是並不多。那麼，讓王副感到生命受到了威脅、需要防身的，又會是誰呢？

　　王副的最後一天。

早晨，起床，洗漱；而後，喝了杯脫脂牛奶。

出門、下樓，坐上王司開的車。

到市府，參加每周一的工作例會，布置一周的工作，而後聽取反應與意見。

中午，在市府小食堂用工作餐。餐後坐上王司開的車，去新長征飯店（天上人間的總公司）長期使用的套間，接待私人的朋友。

隨後，午休了一小時（夏日制工作時間）。

下午，參加市府組織的經濟工作會議，會上作主旨報告（當然，報告是由王秘事先已寫好的）。

會後，去了陳市的辦公室。大約談了半個小時，兩人有說有笑地一起走出來。

陳市下樓後，坐上自己的車走了。

王副則回了趟自己的辦公室。但，只一小會，就出來也坐上自己的車，又去了新長征飯店。

在新長征飯店用了晚餐。而後，又去了趟長期使用的套間。

出來後，就坐上王司開的車，向延慶方向開去。

這一天，王副與其他的工作日沒有太大的區別。如果說有什麼不同，那就是王副去了一趟陳市的辦公室。

而王副去陳市的辦公室，又屬於正常。因為，陳市在上面有職務、有辦公室；市府裡的辦公室，他每周只來兩次。市裡的工作，實際上是由王副在主持；因此，每周一下午的下班前，王副去陳市的辦公室碰個頭，也算是種慣例。

太陽還沒有升起來，清晨的空氣已經像洗桑拿浴一樣了。或者說，從昨夜開始，人們就洗桑拿一直洗到此刻。再說得准確一點，則是如此這般的洗桑拿，人們已經洗了好些日子了。

街心公園裡，鳥兒依舊在一人多高的枝條上「嘰嘰喳喳」地叫著，只是叫的勁頭不同了。

著短褲汗衫的遛鳥的老爺子們，一邊閑聊，一邊隨手搓搓，就

能搓出一條條長短不一粗細不均的黑面條。

「這他娘的,還是人過的日子嗎?」有人發牢騷。

「是不是人過的日子,都得過。不是這樣嗎?」有人接茬道。

如是,心又平衡了些。

有人說,心不熱天也就不熱。是這樣的嗎?遛鳥的老爺子們,各自找些話題聊。

紅歌找了個地方,挂上他那兩只鳥籠,便環顧著,找那每日與他捉對兒閑扯的遛鳥的;恰巧,那老爺子也在找紅歌。

四只眼睛剛一對上,那老爺子便朝紅歌使勁地招著手。

紅歌活動著腿腳,便溜達了過去。

「知道嗎?王副死了。」

「早就知道了,我是沒敢說。」

「誰告訴你的?」

「你別問。反正,我也是有渠道的。」

「我知道了。准又是那什麼狗屁作家,是不是?」

「是又怎樣?」

「不怎樣。但他不可能比我知道得更詳細。」

「未必。」

「那你說說,王副是怎麼死的?」

「自殺。」

「怎麼自殺?上吊、還是開槍,或是其他;如果是開槍,槍是什麼槍、子彈是什麼子彈;左手握槍、還是右手握槍……你說,說呀。」

「我不說了。你說,聽你的,總行了吧?」

「這還差不多。」遛鳥的伸出右手,將食指對准自己的太陽穴,比劃著道,「『呼』的一槍,就死了。」

紅歌道:「我就搞不懂了。幹嘛要自殺呢?不就是搞女人嗎?搞女人的,又不是他一個。」

遛鳥的道:「據我京城小腳偵緝隊的調查與研究,認為極有可

能是丟卒保車。」

「丟啥卒、保啥車？按照你的意思，豈不是被逼自殺？」

「就是這個意思。」

「扯淡，還有誰能逼王副自殺？」

「陳市呀。官大一級壓死人。陳市，就足以可以逼王副自殺。」

「陳市是副國家級。你在這瞎編，是不想要命了？」

「說誰瞎編？告訴你吧，據小腳偵緝隊報告，當天傍晚，王副是從陳市的辦公室走出來的；當晚，王副就開槍自殺了。」

「真的？」

「當然是真的。」遛鳥的道，「據小腳偵緝隊推理分析，王副玩美女玩多了，引起了公憤，現在滿大街都在議論這，是不是？海外也早晚會爆這類的料，是不是？因此，消息就傳到了上級的紀委。如是，紀委就打算要下來查；就在紀委要下來還未下來之際，被陳市知道了。如是，陳市就把王副叫到了自己的辦公室，好一頓臭罵。」

「罵什麼？」

「罵什麼？比如，你是有能力，可為何就管不住你的小丁丁呢？早就勸你別瞎搞，你就是聽不進去。怎麼樣，現在出事了吧？上面要來查。而我們的工作，經得起深查細究嗎？你惹的禍，你自己解決。今夜，你就給我把屁股擦乾淨。不擦乾淨，明早就不要來上班了。」

「如是，王副就一槍崩了自己？」紅歌道，「似乎也有道理。」

「怎麼是似乎也有道理呢？絕對有道理，百分之百。」

「哎，命喪石榴裙。」

「可不是嗎？俗話說得好，色字頭上一把刀。這回，王副真的是做鬼也幸福了。」

警花駕駛著一輛小車，在京城的大街上疾馳。副駕駛座上，放著一紙箱草雞蛋；副駕駛座的底板上，放著一大桶桶裝的色拉油。

突然，前方堵車了。

閃回。

王副之死專案組內勤公辦的大通間裡，警花正在忙碌。

一位女警從座位上站起，向警花報告道：「朝陽區分局那裡，有一位大爺舉報。」

「接過來。」警花一邊回答，一邊拿起桌上的電話，道：「你好，我是市局的警花，你請講。」

對方道：「我是朝陽區分局，剛剛有一位大爺來舉報。」

閃回。

一位大爺，在朝陽區分局裡，給接待的女警講述：「我看了舉報通告，也看了嘉獎辦法。」

女警道：「請說，您要舉報誰，舉報什麼？」

大爺道：「一個多星期前，我發現有一個人，似乎在有意躲避街頭的監控錄像。我就悄悄跟著他，最終發現：那男的是在跟另一個男的接頭，跟過去的反特電影裡一模一樣。兩人裝著相互不認識，也仿佛沒事似的，可他倆的眼睛都在不停地向四處張望；兩個人說了一會話，而後就分開來，各走各的了。」

女警道：「具體的地點，你在哪裡看到他們的？」

大爺道：「就在我們小區外面拐角的那地方。我沒辦法分身，就沒有再跟蹤他們了。」

女警道：「您還記得是哪一天嗎？」

大爺道：「就一個多星期前。」

女警道：「如果我們在更遠的地方，調到了這兩個人的監控錄像，你還能認得出他們嗎？」

大爺道：「能認出，我一定能認出他們倆。」

警花駕駛著一輛小車，在京城的大街上疾馳。副駕駛座的底板上，放著一大桶桶裝的色拉油；副駕駛座上，放著一紙箱草雞蛋。

突然，前方又堵車了。

閃回。

王副之死專案組內勤公辦的大通間裡，警花正在忙碌。

一位女警從座位上站起，向警花報告道：「西城區分局那裡，有一位大媽舉報。」

「接過來。」警花一邊回答，一邊拿起桌上的電話，道：「你好，我是市局的警花，你請講。」

對方道：「我是西城區分局，剛剛接到一位大媽的舉報。」

閃回。

一位大媽，在西城區分局裡，給接待的女警講述：「我看了舉報通告，也看了嘉獎辦法。」

女警道：「請說，您要舉報誰，舉報什麼？」

大媽道：「你聽我說。我小兒子喜歡玩望遠鏡，長期把望遠鏡支在我家那高層樓的窗口。一個月前的一個白天，我在家實在是閑得無聊，就也用望遠鏡四處看看；誰料，這一看竟看到了一樁奇怪的事。」

女警道：「什麼奇怪的事呢？」

大媽道：「一個陌生男子，肯定不是我們小區的，裝作沒事似的，在小區裡轉悠；而後晃悠到快遞寄存櫃前，在寄存櫃上寫下了『風向南吹』幾個字。不一會，就有一個租住在小區裡的男子，去看那幾個字；看完之後，又看看四周，見沒啥人，就伸手把那幾個字給擦掉了。你說，這不就是在搞過去反特電影裡的接頭暗號之類嗎？」

女警道：「是很不正常。你們小區的快遞寄存櫃那裡有沒有監控錄像的探頭？」

大媽道：「小區的大門口有，快遞寄存櫃那裡正好沒有。」

女警道：「那麼，你還記得准確的日期嗎？」

大媽道：「我只能說出個大概。」

女警道：「如果我們能把監控錄像調出來的話，你能分別認出那兩個人、並願意指控他們嗎？」

　　大媽道：「我能認出，也願意指控他們。我們京城的群眾、大媽、網友，就應該做政府的眼線，就應該人人都是小腳偵緝隊，就應該個個都是最可靠的基本群眾。你說是不是？」

　　女警道：「好，你可以繼續監視，但不要驚動他們。」

　　大媽道：「我會的，也不會讓他們發現。」

　　一排排電腦顯示屏。

　　顯示屏上，一條條街道，一個個行人⋯⋯

　　王副之死專案組內勤公辦的大通間裡，所有的人都在忙碌著，搜尋著、對比著⋯⋯

　　錄像調閱小組向警花報告：「沒找到朝陽大爺說的那兩人。」

　　「那就再擴大範圍，一步步地不斷擴大範圍。」警花道：「只可能是那兩個人太狡猾，而沒有可能是朝陽大爺胡亂舉報。」

　　一排排電腦顯示屏。

　　顯示屏上，一條條街道，一個個行人⋯⋯

　　顯示屏上的街道與行人，不停地翻動著、翻動著⋯⋯

　　「找到了，終於找到了。」一位女警道。

　　另一位女警卻道：「這兩人中的一個，咋這麼像我們的邢隊呢？」

　　「不是像，而是確實是邢隊。」

　　「邢隊為什麼要化裝？又為什麼會在天上人間花魁之死專案最忙的時候化裝出去？他這真的像是在接頭、在布置什麼。」

　　「是呀，邢隊出去做什麼、為什麼要在外面布置什麼呢？」

　　「還有，那臉上有一條疤的人是誰？」

　　「那刀疤咋也這麼眼熟？」

　　警花道：「不要亂議論。對事不對人。現在，頒布錄像調閱小組紀律：我們這裡的任何一個細小的發現，都必須嚴格保守秘密，絕對不允許外傳。你們對我負責，我對笨哥負責。明白了嗎？」

　　「明白。」所有的人異口同聲道。

依舊是一排排電腦顯示屏。

顯示屏上，是小區、街道、行人⋯⋯

顯示屏上的小區、街道、行人⋯⋯不停地翻動、翻動著。

「找到了，西城大媽說的也找到了。」一位女警道。

另一位女警卻道：「這人怎麼又是邢隊？」

「真的，怎麼又是邢隊呢？」

「邢隊為什麼要化裝去人家小區、為什麼要寫什麼『風向南吹』？這不真的像是在搞地下活動、發暗號嗎？」

「難道邢隊與王副之死有關？會不會與花魁之死也有關？」

「難說，真是越弄越糊塗了。」

「如果真的是都有關，那就太可怕了。」

警花道：「大家還是不要亂議論。我們的任務，是調閱與對比、提供發現的結果；而分析與判斷，則由笨哥負全責。」

隨即，警花指令女警：把所有相關的監控錄像與對比的結果，統統剪輯在一起。

警花自己，則匆忙寫了個報告。

隨後，警花帶著文字報告與剪輯出來的監控錄像對比結果及原始的監控錄像資料，去向笨哥匯報所有的發現及來龍去脈。

不經意間，清晨已有了一絲兒的涼意；那地平線上的朝陽，也不似前些時日那般瘋狂了。

夜色褪盡，曙光還沒到來。街心公園裡，似有一丁點兒的風。

鳥籠，已挂滿了一人多高的枝條。樹下，依舊是些遛鳥的老爺子，也依舊是汗衫短褲的打扮；只是那精赤條條地裸露著上身的人，已沒有幾個了。

籠中的鳥兒們，依舊在叫；自然，也還談不上歡叫，但比前些時日、已多了那麼一點不易察覺的生氣。

　　顯然，遛鳥的老爺子們、比那些鳥兒勁頭更足。三三兩兩、兩兩三三，都絮著堆在閒聊；有的人，還時不時地非常激動。

　　紅歌依舊拎著兩只鳥籠，挺直了腰板來；愛與他捉對兒閒扯的遛鳥的，也依舊在候著紅歌。

　　一見面，那遛鳥的悄悄道：「知道了嗎？又出大事了。」

　　「出啥大事了？」

　　「這回，陳市恐怕真的要倒了。」

　　「為啥呢？難道王副真的是被陳市逼死的嗎？」

　　「是否真的是陳市逼死的，已經不再重要了。重要的，是王副的死，是張多米諾骨牌；這第一張一倒，後面的就稀裡嘩啦的全要倒。冰山的一角，已經露出來了。懂了嗎？」

　　「有這麼嚴重？」

　　「可不是嗎？首先，陳市不是我們所熟知的陳市、正面的陳市。據說，陳市是個『雙面人』，懂嗎？也就是說，是兩面派。」

　　「真的嗎？咋一點都看不出來呢？」

　　「叫你看出來，那還算陳市嗎？據悉：第一，陳市與一些高官及商人搞團團夥夥，借人民幣升值，故意走漏消息，發國家之財。」

　　「啊？這是不是就是溫寶寶發火的那一次？」

　　「有可能就是那一次。」

　　「那這罪可不小呵，也輕不了呀！」

　　「第二，據說，陳市夫人，還搞了一個高官夫人俱樂部，專門做生意，收受賄賂，還玩男人，還特愛玩弄『小奶狗』。」

　　「我的天哪，這麼無恥？」紅歌道，「其實，王副是真懂經濟的，工作能力也強。據說，年輕時，各個方面的表現也都非常好。」

　　「誰說不是呢。」

　　「可惜了。王副這人才，太可惜了。」

　　「你先別扯，聽我說。去年，陳市夫人的一個生意夥伴、一個

外國人，與陳夫人因分贓不均、翻臉了；如是，陳夫人就夥同她家的那警衛人員，把那個外國人給殺了。」

「啊？連外國人都敢殺呀？他們是怎麼殺的？」

「毒死的。」

「下毒藥？下在啥裡面的？」

「下在湯裡面。」

「那個外國人不知道？一喝就死了？」

「知道。那外國人賊精，感覺到了，死活也不肯喝。」

「不肯喝？咋能毒死人呢？」

「掰開嘴，硬朝裡面硬灌呀。懂了吧？」

「那還不打得一團糟？」

「也沒有怎麼打。人家那警衛，有武功。」

「不能理解，也沒法理解。這不跟拿刀明著砍人差不多嗎？」

「所以說，陳市這回完了，他一家全都要完了。」

「可夫人殺人，陳市沒有參與呀。」

「沒有參與不錯。可默許了，這罪不也就夠大的了？」

「這倒也是。」

第二天，那遛鳥的悄悄道：「又有進展了。」

「有啥進展？」紅歌問。

「陳市極為貪財，陳市還賣官。怎麼樣？沒有想到吧？」

「真的？賣官？怎麼個賣法？」

「怎麼個賣法？告訴你，准嚇死你。據說，陳市當區長那會，就開始賣官了。當然，咱京城的區長，就相當於市長。具體怎麼賣，我也不清楚，但肯定是要得狠。聽說，買官的都是背著麻袋去的，整麻袋整麻袋的百元大鈔。所以在官場上，陳市有個綽號，叫『陳麻袋』。」

「『陳麻袋』？哇塞！唉，這些貪官，把咱國家弄得亂七八糟。」

「你就別瞎感慨了。告訴你吧，還有比這更可怕的呢。」

「還能有比賣官還嚴重的？我不信。」

「真的，先給你墊一墊。陳市，也好色，一點兒也不比王副差，只是吃相不一樣。」

「咋不一樣、咋好色？」

「陳市，比王副檔次高得多了。」

「嗨，就別賣關子了。說，咋個高法、又高在哪？」

「陳市，打開電視機點美女。」

「又胡扯了。我就不信，他能點央視的那些美女？」

「嗨，你還別不信，他點的還就都是央視的美女。且還不止點一個，而是想睡哪個、就點哪個。」

「那可是咱國家的臉面。那央視，不就成了高級妓院了嗎？」

「誰說不是。」

「真的嗎？我還是不敢相信。」

「絕對真的。陳市不僅玩央視的美女，他還好玩處女、玩強奸的遊戲等等。反正，啥新鮮，他就玩啥。」說到強奸，遛鳥的怕紅歌多心，特意頓了一頓，看紅歌沒啥反應、沒往三少的事上想，心思全在陳市身上，便又道：「陳市還有個綽號，叫『百雞王』。」

「『百雞王』？哇，腐敗、太腐敗了。我還為這些人唱紅歌，豈不是太傻了？」

「可不。但，別往你身上扯，聽我說。」

「好，你說。」

「陳市，不僅僅是貪腐；最要緊的，是還試圖搞政變。」

「搞政變？這可是大罪。」

「是大罪，百分之一百、一千的是大罪，彌天大罪。陳市不僅密謀政變，還制作了龍袍，躲在密室裡試穿龍袍。」

「這傻逼，真是傻逼！想復辟帝制？不跟袁世凱一樣了嗎？」

「誰知道他是怎麼想的。反正，還養小三，讓小三替他生兒子，准備將來繼承他的大統。」

「真傻逼，絕對傻逼！傻到透頂，傻到不能再傻了。看起來那麼精明的一個人，怎麼會一腦子漿糊呢？」

「誰知道呢。也許，這就叫作利令智昏吧。」

「唉，今天的信息太震撼了！」

「還有呢。眼看著事情要敗露了，他們就通過地下錢莊，向海外轉移資產。」

「這不是要跑嗎？」

「就是。陳市，讓他在海外讀書的女兒，在各國大肆收購豪宅，把全世界的房地產價格、全都買漲了起來。」

「我的天哪，這就不僅是禍國，而是禍到世界上去了。」

「可不是嗎？」

第三天清晨，紅歌一到，遛鳥的便又壓低了聲音、卻仍是咋咋呼呼地道：「重大消息，這下可有好戲看了。」

「又怎麼了？有啥重大消息？有啥好戲看了？」紅歌問。

「知道嗎？陳市的夫人，就是《贏在美國》的作者，還寫過《調查馬家軍》、《王軍霞的故事》等等，真是大手筆呀！」

「你這是咋啦？昨天，你不是還在說陳市的種種不好嗎？怎麼，今天又開始鼓吹陳市的夫人了？」

「我有說過陳市不好嗎？我咋一點也不記得了呢？」

「怎麼沒有？一連兩天，你一直在說。」

「我說了嗎？」

「說了。」

「你有沒有記錯呵？」

「沒有記錯。」

「估計是你記錯了。第一天，我說的馬俊仁性侵、朱軍猥褻、範冰冰逃稅被罰 8 個億、劉曉慶『逃睡』坐牢 422 天、王寶強戴綠帽等等。而這些，全都是陳市的夫人爆料爆出來的。你不記得了嗎？」

149

「記得。你沒說這些。」

「你既然記得，怎麼又說我沒說這些呢？真是自相矛盾。」

「我說的記得，是記得你說了些什麼。」

「那我說了些什麼？」

「你說……不對，我不上當，我才不替你重複呢。」

「那第二天，我說了什麼？」

「我也記得。」

「你說。」

「我也不替你重複。」

「你都把我搞糊塗了，搞忘了。這麼說吧，電視劇《贏在美國》，你總看過吧？」

「沒有看過，我不看這些垃圾電視劇。你看過？」

「我也沒有看過。但，我一猜就猜到了呀！《贏在美國》，最重要的就是臥底嘛。」

「什麼臥底？怎麼臥底？」

「臥底都不懂？臥底，就是男扮女裝，或女扮男裝。像梅蘭芳演『貴妃醉酒』，或者像那越劇裡的賈寶玉……這樣，就可以讓那些傻老外們意想不到、防不勝防。」

「如是，就搞到了第一手的情報了？」

「對。」

「如是，就《贏在美國》了。」

「對對對，恭喜你呀，你這回總算是開竅了。」

「你就瞎扯淡吧。當心你們家的哥，被抓進去『喝茶』。」

「這跟『喝茶』沒關係。我告訴你底牌吧，據說陳夫人自己就是學法律、當律師的，而且還是天上的文曲星下凡，才高八鬥。你說，這官司，是不是好看、有看頭了？」

「好看個屁！殺人償命，這有什麼好說的？無論是誰、也無論怎麼能辯，總不能把殺人辯成殺豬、宰羊吧？」

「雖殺人不是殺豬、宰羊。但我覺得，未必會判死刑。」

「不是死刑，也是死緩。反正，這輩子完了。」

「可惜。」

「可惜什麼？他們玩掉的，可都是人命。」

「也是。現在的人怎麼這樣呢？」

「世風不古。」

「世風不古？過去不也一批批地弄死人，不也跟殺只雞一樣嗎？」

「你是不是真想『喝茶』了？」

「好好好，我不說了，我才不想『喝茶』呢。」

「厲害了，我的國」。

如今，京城街頭巷尾的傳聞，影響著國際輿論。也就是說，國際輿論，要看咱京城街頭巷尾的傳聞的臉色。

這邊，京城的遛鳥的剛扯了陳市；那邊，海外的富商也跟著爆料陳市。而眾多的國際媒體，再跟著富商的爆料、議論陳市。

如此，是不是京城街頭巷尾的傳聞影響著國際輿論？是不是國際輿論在看、且必須要看京城街頭巷尾的傳聞的臉色行事呢？

自然，富商也不如從前了。

自從姓顧的，搞出了《我指揮海外民運圍剿富商》等系列視頻後，劉剛等反水，越來越多的人與富商反目；就連當初領了錢、開著宣傳車在東京等世界各大都市、用大喇叭叫喊的挺富派們，如今也有不少已成了砸富派。

然而，老的挺富派們分裂出去，新的挺富派們又成長起來。富商，就有這麼大的本事。如果沒有這本事，那富商也就不叫富商了。

富商依舊提前預告：下一季「爆料陳市」，歡迎富粉們收看。

時間一到，富商就在 Twitter 與 youtube 上同時直播，也依舊叉著兩條武大郎似的短腿，翻動著嘴皮子道：「先爆個小料：新當選

的高雄市市長韓國瑜，是大陸國安。他的地下黨黨齡，比馬英九還要長。當初入黨的介紹人，就是紅營的李敖和陳映真。」

「哇塞！猛料。」隔著網絡，富粉們紛紛點贊。

留言也一條接著一條：

「我愛你！」

「富商萬歲、萬萬歲！」

「敬祝我們心中的富商永遠健康！」

「姓顧的是小醜。」

「劉剛也是小醜，而且是個地道的、無恥的忘爸蛋！」

……

可以想見，在網絡的那一邊、在電腦顯示屏後面的後面，是一張又一張的被憤怒扭曲了的臉。

正式爆料陳市了，富商鄭重宣布：「道貌岸然的陳市，在美國擁有 10 套豪宅。這 10 套豪宅，在陳市夫人的名下。」

說著，富商展示了 10 套豪宅的具體資料；資料上，全是密密麻麻的洋字。富商還當著眾富粉們的面，把資料全都上傳到了 Twitter 上。

「鐵的證據！」

「無話可說，無懈可擊！」

「陳市以腐反腐，是最大的腐敗分子！」

……

可想而知，在網絡的那一邊、在電腦顯示屏後面的後面，富粉們是多麼的憤怒、義憤填膺。

然而，不久、撕逼大戰就開始了。

依舊是姓顧的打頭陣，吹響衝鋒號，率先衝鋒。而後，是海外民運中的新老砸富派們，紛紛上陣、各自為戰。

正殺得難分難解，突然一支奇兵出現了——

一家美國民網的時評家公布：

對富商爆料陳市及夫人擁有的 10 套美國豪宅的調查報告

流亡富商爆料陳市及夫人，在美國擁有 10 套豪宅。經過我民網時評家的調查，發現一個驚人的結果。調查發現，該指控中的第一套房產的地址，根本不存在；而其余 9 套房產之所有人，均為美國土著，與被指控人沒有任何關係。

　　我網時評家通過 Google 地圖查詢富商爆料的陳市及夫人的第 1 套房產的地址，發現那裡是橄欖春天庭院，歸教會擁有，不存在私人資產。富商爆料的第 2 套房產的地址，房主是土著美國人。其余第 3 套至第 10 套房產的地址，房主也都是土著美國人。

　　哇塞，富商的褲襠頓時被當眾撕開，露出了那醜陋的小短腿。

　　從此富商的聲譽掃地、名聲狼藉，不再成為熱點。

　　這將是最大的烏龍，也將是搧自己的耳光最狠的一次。笨哥，想到了那所謂已經告破的花魁之死案，想到那可笑的慶功表彰大會。

　　王副之死案基本告破，且真的是摟草打兔子，帶出了刀疤和小景等。笨哥雖還沒有收網，還不知道刀疤與小景等肯不肯交代，及又能交代出什麼。然，他已預感到，終於踩住了邢隊的尾巴。

　　一想到很可能、可以就此破解了花魁之死之謎，還花魁一個公道，笨哥的心裡就特別地爽。

　　一改過去不讓珊姐和作家將話鋒對准邢隊的做派，笨哥找到作家，拖著他來到天上人間；找到珊姐後，纏著要喝好酒，且指定要開瓶 xo 人頭馬慶祝。

　　珊姐命女服務員去拿來了一瓶 xo 人頭馬，而後對笨哥笑道：「看來，你也不是什麼好人。」

　　「喝你瓶人頭馬，就不是好人了？我買單，行不？」

　　「又不需要我珊姐自己買單。」珊姐道，「這，就不是誰買單的事。天上人間，還能供不起你嗎？」

　　「那你說，你說我也不是什麼好人，是啥意思？」

　　「我是說，你多少有點兒得意忘形了。」

「是嗎？」突然，笨哥想起花媽的話，「做人不能太得意」。

笨哥想，是不是我喜形於色了？

「編出陳市逼死王副這樣的故事來，應該是他們狗急跳牆、孤注一擲了。」作家打斷了珊姐的調侃，也打斷了笨哥的思路，而把話題引到原本的目的上來。

「我同意。」珊姐道，「那個皮夾克，是有點莫名其妙的。」

「他們沒有想到王副之死案，進展得如此迅速、如此順利，所以想把水攪渾、把事態擴大。」

「下面，恐怕還會有動作、還會有更大的戲要看。」

「那也沒有啥好怕的。關鍵，是再多的小動作、再大的啥爆料，也已無法掩蓋實實在在的事實了。」

作家問笨哥：「他們知道你踩住了他們的尾巴嗎？」

「不可能知道。」

珊姐問：「警花會不會說、告訴邢隊？」

「不會。」

「為什麼？」

「一個刑警的職業道德。」

「你就這麼相信警花？」

「不是相信警花，而是相信中國刑警。」

「相信中國刑警？中國刑警中的敗類，還少嗎？」

「那是敗類，而不是中國刑警。」

「又來了。無論怎麼說，在你的隊伍中有警花這樣的人，總不是件好事。」

「我不能像他們那樣清除異己、卸磨殺驢。」

「行行行，別爭。但願德行天下，吉人自有天相。」作家勸住了珊姐與笨哥的爭執。

「如果真的能德行天下，那天下就無案，更不需要刑警了。」

「扯得太遠了。來來來，都喝口酒，我說個重要問題。」作家道。

大家舉杯，都喝了口酒，作家道：「如果是刀疤、小景都不交代的話，勢必邢隊會有另一種解釋。因此，我覺得：在收網時，當借機把葉蓮娜一鍋燴。這樣，可增加保險系數。」

「對。」珊姐道，「還不能過早向局長等匯報。」

「不需要匯報。警花摟草，是我布置的；打到了兔子，兔子也該由我處理。」

「是嗎？你有這麼大的權限？」

「目前，只要是不動邢隊，就不需要匯報。」

「那就好，把葉蓮娜一鍋燴。因即使刀疤、小景都交代了，還缺一環，缺致使花魁自縊的手段的這一環；而這一環，就必須有葉蓮娜的交代。這樣證據鏈才完整。」

「其實，這一點我也想到了。」笨哥道。

「看來，你並不笨。」珊姐笑道。

「哈哈。」作家笑道，「俗話說，把別人都當成傻瓜的人，才是真正的傻瓜。」

天際，已沒有了月亮，也沒有太陽。

清晨，跟夜裡一樣沈悶，沒有一絲風，也沒有一丁點兒的涼意。

前幾日剛下了一場透雨，可這兩天又悶熱了起來。

街心公園裡的老爺子，都是汗衫短褲打扮，也有的赤條條地裸露著上身；還有的，抓著條毛巾不停在身上這裡那裡地擦，而後使勁一擰、就能擰出一攤水。

籠中的鳥兒依舊在叫，只是又沒有了啥生氣。

「今天天氣，哈哈哈。」遛鳥的、聊天的，依舊。人們在汗水裡，打發著難熬的日子。

拎著兩只鳥籠，如往日般來。然，紅歌不知今日如何應對那每日與自己捉對兒閑扯的那遛鳥的。正猶豫著，已被逮了個正著。

那遛鳥的，咋咋呼呼道：「紅歌，你這人也太不地道了，怎麼

能把哥們賣了呢？害得我家的哥被『喝茶』。」

「對不起，真是對不起了。」紅歌趕緊道，「我家三少怕吃苦頭，所以才一五一十說了。」

「怕吃苦頭，可以理解。都是老百姓，有誰是天不怕地不怕的？」遛鳥的道，「怕也不能有啥說啥。你都照直說，不把別人給害苦了？」

「今兒請你喝啤酒，管夠。算是我給你賠罪。」

「哥們，這不是喝酒、賠罪的事。懂不？如今，進去了，誰還會有真話呢？」遛鳥的道，「自打南京『打到張春橋』的『反標事件』、到咱京城的『四五』至今，只要進去了，誰還敢硬來？但，不管你怎麼對付，都不能牽扯別人。懂了嗎？」

「還真的不太懂。這怎麼講？」紅歌道。

「比如，問『是你說的』，答『是』；問『是你編的』，答『不是』；問『哪聽來的』，答『公交車上』；問『那人長的啥樣』，答『沒看清』；問『咋會沒看清呢』，答『他戴著口罩，還戴了個墨鏡』。」

「哦，我懂了。」紅歌道，「這就叫——死無對證。是不是？」

「你咋才明白呢？是不是唱紅歌唱傻了？」遛鳥的道，「就算你不懂，你家三少，是老進去的，咋也不懂呢？」

「哎，別提那傻小子。都是讓他媽給慣壞了。該懂的，啥也不懂；不該懂的，他全都懂。」

「哎。」這回，遛鳥的無語了。

「對了，你家的哥不會有啥大事吧？」紅歌問。

「還好，沒啥事。最後，反倒是警察想收買他，叫他留意著，還給了他一張名片，說有情況隨時報告。」

「真的？」

「真的。」

「那你家的哥會打小報告嗎？」

「咋會呢？」遛鳥的道，「咱老百姓，過去憑力氣吃飯，如今憑

技術吃飯；即使將來，也得憑良心吃飯。昧心的事，咱不會做。」

紅歌聽了這話，反倒不好意思了，甚感無趣。

上面紀委的人，找陳市談話了。

輕車簡行。上面紀委的一行二人，來到市府大樓，就直奔陳市辦公室；把陳市堵在了辦公室裡後，才通知京城紀委准備談話地點。

上面紀委的人，一前一後，把陳市帶到了市府大樓裡的、京城紀委提供的談話的密室。

紀委的人問：「王副自殺，當天的下午，你是不是跟王副談過一次話？」

閃回。

「最近，外面的傳聞較多，你是不是要注意下。」陳市道。

「請陳市放心，我會處理好的。」王副道。

紀委的人問：「就這些？」

陳市道：「就這些。那天，是每周的碰頭會，他匯報了一下主抓的經濟工作。」。

「其他沒有談？」

「沒有。都是老同志了，我能說什麼？」

「那麼，王副會不會受到黑社會的敲詐勒索，或恐嚇之類？」

「應該不會。能見到王副的人，都是必須通過王副的秘書的，也都是由王秘安排的。」

「會不會遇上敵對勢力，或海外的什麼勢力？」

「也不會。他在政治上沒有企圖。」

「會不會是那些女性？」

「更不會。他接觸的女性，應該說，大多數是投懷送抱的。」

「會不會是女性的家屬？比如說，男方。」

「王副出事後，我問過他的司機，王副單獨去見的，都是女性，沒有男性。」

「好，那就先這樣。」

「先這樣？」

「對，就這樣。」

「那，今晚我能回家嗎？」

「為什麼不能？」

「我沒有被『雙規』嗎？能確定？」

「沒有，確定。」

「我的問題，不要談一談嗎？」

「你有什麼問題？」

「就是、就是……街頭巷尾的傳聞，還有海外的爆料。」

「如果只是這些，那就不用談了。在我們來之前，上面已作了具體的交代。」

「哦，那我感謝組織、感謝領導!」

不久，陳市與王副的結論，先後下來了。

陳市的結論：

陳市是個好同志。坊間的傳聞，基本屬於張冠李戴。海外的爆料，亦查無實據。

為了便於陳市更好地工作，發揮一位老同志的作用，現免去陳市在京城的一切職務，調往全國人大財經委，擔任副主任一職。

（此處，省略 5000 字。）

王副的結論與處理意見：

一、王副屍體，暫由市局法醫中心妥善保管。

二、解除王副的一切職務，並予以雙開。同時，鑒於王副已畏罪自殺，根據法律規定，不再追究其之刑事責任等。

（此處，省略 15000 字。）

「咚咚咚 !」

「找誰？」

「不找誰，檢測液化氣管道是否有洩露的。」

小景剛一打開門，就被一擁而入的三個刑警按倒在地，並被迅疾地戴上了手銬。

「大水衝倒龍王廟。我也市局的。」小景道。

隨後跟進的警二，對小景道：「請不要再說話，待會有你說的。」

「我是真警察。」

警二對其他人道：「把他嘴給封上。」

一位刑警，麻利地撕了條似封箱膠帶類的東西，貼住了小景的嘴；而後，又給他套上了頭套，這才把小景帶下樓去。

警二進了屋，用眼掃視了一圈後，吩咐警五道：「電腦關上，主機帶走。檢查下，有沒有手機、iPad；能用於通訊的，都帶走；其餘的，暫時封存。」

同時，在另一處。

「咚咚咚。」

「誰呀？」

「例行檢測液化氣管道是否洩露。」

刀疤把門開出了一條縫，可已由不得他了；幾個刑警迅疾衝撞而入，並控制住了他。

「你們要幹啥？我是良民。」

跟進的警三道：「是不是良民，你說的不算。」

「還有沒有王法？」

「銬上，嘴封上。」警三吩咐道。

已控制住刀疤的幾個刑警，隨即給刀疤戴上了手銬，且用膠帶紙貼住他的嘴。

在屋子裡轉了圈後，警三對警六道：「電腦主機、手機、iPad之類，全都帶走；其餘，全部封存。」

警三又吩咐押解刀疤的刑警道：「套上頭套，帶走。」

如是，一行人押著刀疤上了路邊的警車。

幾乎同時，在又一處。

「咚咚咚。」

「誰？」

「例行檢測液化氣管道。」

等了很久，葉蓮娜才來開門。不過，屋前屋後早已布控得嚴嚴實實；即便想逃，她也沒有可能逃脫。

警花出示了警官證，警四、警七等立即控制住了她。

「我是外籍人士。」葉蓮娜用漢語道。

「知道你是外籍人士。」

「那你們怎麼還能這麼幹呢？」

「一會，你就全都知道了。」

警花回答葉蓮娜後，吩咐警四、警七等道：「銬上，嘴封上，套上了頭套，先帶下樓、帶到車上去。」

而後，警花領著其余刑警，仔仔細細地搜查葉蓮娜的房間，搜查了每一個角落。

與上同時，執法記錄儀早已打開，一直在拍攝著。

王副死了，王副之死案告破；上面對王副的結論，也出來了。但，笨哥的王副之死案的報告，還沒有上交。

笨哥決定：收網，打掃戰場，把在王副之死案中摟草打兔子、摟到的草和打到的兔子，一起收拾了，給曆史一個交代。

如是，笨哥安排下各路人馬，對刀疤、小景、葉蓮娜等，實施了秘密抓捕。

此外，按刑警大隊保密工作慣例，笨哥在延慶租下了個大院；所需要的一切，也全都安排妥當。

各小組到達指定位置後，立即向笨哥發出了信息；笨哥看了一下手表，一聲令下：「各小組注意：即刻，實施同時抓捕。」

如是，上面出現的一幕幕，便同時展開。

自然，各小組抓到了刀疤、小景、葉蓮娜等後，也都立即押解到了延慶已租下的大院子內。

審訊室裡，審訊席上坐著笨哥與警花。警花坐在主審的位置上，笨哥坐在一旁給她當助手。

被審訊席上，坐著 E 國女葉蓮娜。

「為啥要抓我？我做錯了什麼？」葉蓮娜問。

警花道：「你自己知道。」

「我怎麼知道？我不過是和安娜、納斯佳、瑪麗婭、莉莉婭她們一樣，用你們的話說，叫賣淫女，對吧？」

「不對。」

「咋不對了？」

「你很不簡單。賣淫女，只是你用來掩護身份的職業。」

「掩護身份？那你說，我還有什麼職業？」

「你自己知道。」

「我不知道。」

「那我問你，你每天的收入是多少？」

「沒有一定的。有時生意好，有時生意不好。」

「每個月，基本上差不多吧？」

「差不太多。」

「那你，每月收入多少？」

「十多萬。」

「你來了多久？」

「不到半年。」

「那你的積蓄有 100 萬了吧？」

「沒有，總有花費的。」

「好，你哪國人？」

「E 國。」

「不對。你是 W 國血統，出生在 E 國。」

「你們都知道了？」

「都知道了。這，是你匯 500 萬回去時的匯單。」警花出示證據。

「這是我自己掙的。」

「你剛說了，你的積蓄連 100 萬都沒到，哪來的 500 萬？」

「我跟姐妹們借的。」

「就算你是借的。這裡，還有另一張你匯 500 萬回去時的匯單。怎麼解釋呢？你們一共 5 個人，各人的積蓄都不到 100 萬，誰能幫你湊齊 1000 萬？更不用說時間不對，這兩筆匯款都是你們剛來不久後就匯出的。總不至於，你們把上次掙的錢帶回去、而後再帶回來匯回去吧？」

「這是我們的隱私，可以不回答。」

「那麼，這個也是隱私嗎？」警花拿出一個小藥瓶，倒出幾顆藥，拿起其中一顆另類密封包裝的，道，「我們搜查了你的住所。請你解釋，這是什麼？」

「安眠藥。」

「那為何與其他的不同？」

「不同的安眠藥。」

笨哥道：「別跟她廢話，讓她吃下去！」

說著，笨哥拿過藥片，端了杯水，朝葉蓮娜走來。

「別別，我說、我說。」

「說！」笨哥怒吼道。

「這是一種神經性致幻毒片。」

「說具體點，說出它的特殊性在哪裡。」

「特殊性，就是它毒發的時間准確，毒發時的表征確定。」

「再具體點。」

「給人服下後，准時在第 35 天毒發，毒發時的特征、就是會想方設法自縊。」

「這麼說，花魁就是用了這藥？」

「應該是。」

「你是怎麼知道的，花魁應該就是用了這藥？」

「一是花魁致死，已是無人不知；二是邢隊找過我，買了這藥。」

「邢隊？找你買了這藥？」警花的臉，突然變得煞白。

葉蓮娜道：「是。」

笨哥道：「邢隊付給了你多少錢？」

「500 萬。」

「你們怎麼聯繫上的？」

「沒有專門聯繫，我們早就彼此知道，也算是早就認識了。」

「他是什麼時候提起買藥的？具體交易地點？」

「三個月前，月初的星期一。交易，是之後的一個星期；地點，就在我現在的住所。」

「為什麼到我國來賣這種毒藥？」

「國家現在窮，缺科研經費，我們得以科研養科研。」

「還有一顆，賣到哪裡去了？」

「沒有，只帶了兩顆。」

「那，哪來的兩個 500 萬？」

「哦，另一個 500 萬，賣的不是神經性致幻毒片。」

「那是什麼？」

「是 VX 神經毒劑。」

「賣給誰了？」

「能不說嗎？」

「在我們的國土上幹這種勾當，居然還說『能不說嗎』？」

「沒有在這裡賣。」

「那到哪去賣了？」

「鄰國。」

「賣給誰了？」

「國家元首。」
「哦，那就別說了，到該說的地方去說。」

第二天上午，在延慶大院裡的王副之死專案組，警花沒來上班。

笨哥抓起電話，按下了警花的手機號；不一會，接通了，笨哥問：「警花，病了嗎？」

「沒有。笨哥，我請一天假。」

「好，你在幹嘛？」

「療傷。」

「哦，那我去看看你？」

「不用。笨哥，相信我，我能挺過來。」

「我相信你。」

「就是需要點時間。」

「那你休年假吧，出去旅旅遊。」

「不用。大家很忙，你們都很辛苦。我只需要一天，就一天。」

「那好吧。」

無意中，想起了一首詩，一首關於愛情的、幽怨的現代詩。

警花年輕時就喜歡這首詩，特別喜歡詩中的美。

不知不覺，警花感受到了詩中的情。更重要的，是詩人好像就是寫給自己的。

> 今天，是愛的生日，著一身
> 黃衣裙，回菁菁校園，我
> 來尋最美好的時光
> 還記得嗎？這片青青草地，春風
> 暖暖，浸透花香；月光輕輕
> 走在草尖上
> 還記得嗎？那個春日的晚上

我們的愛情之花

悄然綻放

那時的夢真多，歌真美

那時，夜很短很短

話卻很長很長

那時的校園很靜，月色下

樹影伴身影起舞，花前

夜鶯與青春戀歌合唱

那時真幸福，我守著你

守著雄渾，守著倜儻

守著溫柔的陽剛

　　警花換上詩中的黃衣裙，來到刑警學院，來到警院的校園裡、校園的草地上。

　　在大排查中，將朝陽大爺和西城大媽所提供的線索、從調閱監控錄像中梳理出來，並將邢隊的可疑跡象及時地報告給笨哥。這於警花而言，是職業關，證明她是一個合格的刑警，有從業資格，且品質是無可挑剔的。然，她也是個大活人，也需要過普通人的心理關。

　　而這一關，她卻始終還沒有真正地邁過來。

都說畢業告別愛情，你我

笑談創業夢想，心中

愛情之歌蕩漾

我們早已說好：距離

不是借口，網絡

是時尚的新房

還記得嗎？我們相約：任兩地

遙遠，心靈之花，准時

在子夜開放

揮一揮握痛的手，告別校園

夢的故鄉；北上，去圓
另一個夢想
住地下室、泡方便面，也有
歌聲作伴，你是我
北漂的力量
誰曾料，送別時那首情歌
竟成了，你給我的
愛的絕唱

雖然，警花沒有異地戀，也沒有住地下室、泡方便面，但，警
花對邢隊的這份戀情，卻只能是地下的，甚至還有個很難聽的名
字，那就是「小三」。

從此，你成了我思戀的
海市蜃樓，我永遠
也走不到的地方
我依舊喜歡，你喜歡的玫瑰
愛穿，你愛看的黃衣裙
可如今誰來欣賞
多想聽一聽你的輕聲問候
打開 QQ，卻只見你
灰冷的頭像
白日繁忙，一派春光，夜晚
獨守寒宮，這份美麗
與誰人共享
夢裡幾回入洞房，漂漂亮亮
當新娘；醒來，依舊
淒淒一片冷月光
夢醒、春逝、情傷……多少
孤獨無助的子夜，委屈
向何人去講

在那沒有愛的愛的生日
忍不住的思念
肆意流淌
不經意間澆鑄成文字
而後，彈著古琴
為你遙唱
淡淡的月夜，輕輕的琴聲
你已無法感知，唯我
獨自品嘗

　　不是海市蜃樓、不是看不見，而是天天見面、天天在一起；然而，這天天見面、天天在一起，比看不見、比海市蜃樓，更加殘酷。

　　看不見、海市蜃樓，可以去夢想。而天天見面、幾乎天天在一起，卻又不能在一起，連夢想的資格、也幾乎被剝奪了。

　　閃回。

　　春天，嫌疑人被帶走了。

　　警花關上監控探頭，起身去關上門、將門反鎖後，冷不丁地吻了一下邢隊的臉頰，深情地道：「老公，今晚咱們去開個房吧。」

　　「你瘋啦？這是在哪裡？你不明白？難道不要未來了？」邢隊輕聲地怒嗔。

　　警花委屈地道：「人家是想你了嘛。」

　　夏天，嫌疑人又被帶走了。

　　警花關上監控探頭，又去關上門、將門反鎖後，冷不丁地吻了一下邢隊的臉頰，輕聲道：「老公……」

　　「你瘋啦？這是在哪裡？」邢隊輕聲地怒嗔。

　　秋天，嫌疑人再被帶走了。

　　警花關上監控探頭，再去關上門、將門反鎖後；遲疑了一下，她又將門打開了……

　　地下戀情，沒有名分、沒有希望，也看不到那美好的未來。

　　愛的希望，在漫長的歲月中被折磨成一種奢望。

　　在奢望之中等待與將就著，人格被環境和時間碾壓得如同瓦礫
般破碎……

　　　　菁菁校園裡，著一身黃衣裙

　　　　與影同行，我來悼

　　　　青春的時光

　　　　挖巴掌大一個坑，輕輕放進

　　　　逝去的戀情，我悄悄

　　　　把它埋葬

　　　　還記得嗎？你說過，倘若今生

　　　　不能比翼同飛，就將愛

　　　　共一穴合葬

　　　　如今，這小小的墓穴裡，沒有你的

　　　　只有我的，這淒美的

　　　　愛的斷章

　　　　青青的草地上，沒有

　　　　墓碑，如果有

　　　　我願刻上

　　　　謹以此，祭奠校園中所有

　　　　無名者的愛，和逝去的

　　　　幸福時光

　　　　今天是愛的生日，竟也無恨

　　　　無憂傷，只有那天邊

　　　　燦爛的夕陽

　　　　今夜，你就要擁著新娘

　　　　當上新郎，而我

　　　　不是那新娘

　　　　愛已逝，我默然肅立，如

　　　　一株黃玫瑰，杵立在

青春的墳地上

在草地上，警花站了一會，而後輕輕地轉身、慢慢地離去。

警花離開了刑警學院。

身後，是夕陽，一輪如訴如泣的夕陽。

小景被帶進審訊室，一見笨哥與警花，便大叫了一聲：「哇，今天我算是栽了。」

笨哥與警花聽到後，相互對視了一眼，兩人都笑了。

小景坐下後，就被鎖在了被審席的椅子裡。

押解他的刑警，檢查了一下，確定已經鎖好後，又看了看笨哥和警花，得到許可後，便走了出去，並順手帶上了審訊室的門。

笨哥也已笑畢，問：「為什麼？」

小景又看了眼警花，才回答笨哥的問話：「你倆，一個是我追求的對象，一個是我從前的情敵。今天，我不是栽了嗎？」

笨哥道：「你也太小看我了。」

沒等笨哥繼續說，小景已先發制人，道：「你想動手，儘管動手。第一，我保證不叫、不求饒；第二，我保證不記仇、不上告。」

「說你太小看我了吧？不要再廢話了，好不好？咱，公事公辦，直奔主題。如何？」

「那好。」小景道，「第一，我是邢隊布置的臥底，負責聯絡各路開出租的的哥、遛鳥的大爺等等，以及各類社會閑雜人員。放風，是我的工作，是我在執行任務。」

「為什麼要這麼做呢？」

「不知道。」

「可，有些內容，是非常出格的。」

「這有計劃書。我基本上，都是按照藍圖執行的。」

「可，有的是違法的。」

「笨哥，你這就不厚道了。我在執行任務，能討價還價嗎？你

到市局和刑偵大隊的時間，比我長多了。你怎麼、連這都不能理解呢？」

「如果是我，有的，我是會拒絕執行的。」

「所以你沒混好呀。」

警花也笑了。

笨哥，點了點頭。

小景又道：「第二，刑隊布置我放你的風，我也有過疑惑，甚至不敢相信；但，我不能問，這是紀律。剛才也說過了。我只能理解為是案情的需要，領導是絕對正確的。」

笨哥沒再說話。

小景再道：「不僅如此，我還必須做好，做到影響最大化。這你也應該能理解。幹我們這行的，哪有不想立功的呢？」

笨哥又點了點頭。

小景繼續道：「第三，現在，你坐在這裡審我，只能說明刑隊出事了。至於什麼事，我不知道，也不想知道。將來，你們誰贏誰輸，也與我無關。我只是一個工具。現在是，將來也是；除非，你借機把我清理出系統。」

笨哥道：「你想得太多了，沒有必要這樣想。說具體的。」

「具體的，我就是接受刑隊的指令，放了你與花魁有情感糾葛、應該回避花魁之死一案的風。還有，就是放了王副腐化墮落的風等等。反正，我都是按刑隊的指令做的，我確實是在執行任務。」

「再具體些。」

「再具體，是指怎麼教開出租的的哥、遛鳥的大爺等等，及其他的社會閑雜人員？」

笨哥點了點頭。

「那我建議你，調閱我的工作日志。每一個動作，我都有詳細的記錄。再說，怎麼暗示、引導他們，以及放風方式與手法等等，也都是涉密的。不是我不願意說，而是不能說。」

「怎麼會涉密呢？」

「我不知道。我只是隱約覺得，我參加了一個行動。至於是什麼行動，以及行動的代號等等，我一概不知。刀疤可能知道，他是這次外勤的負責人。也就是說，除了邢隊，他也可以指揮我們。」

警花敲打著鍵盤，記錄著。笨哥又點了點頭。

小景道：「沒有了。如果需要，我可以寫一份材料。但，我申請加密；你能不能看到，與我無關。」

笨哥與警花對視了一下，也都點了點頭。

刀疤被帶進審訊室時，笨哥與警花早已坐在了審訊席的位置上，正做著准備工作。

刀疤一見笨哥與警花，大吵大鬧地道：「最近，我一沒有偷，二沒有搶，三沒有吸毒，為什麼要抓我？你們政府這麼做事，是不是也太不講理了？」

笨哥笑道：「別演了。」

「什麼別演了？我演什麼了？」

笨哥道：「我說你就別演了，刀疤同志。」

「『同志』？你叫我同志？別惡心我，我最討厭男男了。」

「刀疤，小景都說了，是不是要把他叫過來？」

「小景？說什麼？」

「這樣，給你看他的筆錄吧。」

「我不看，什麼筆錄？」

「加密的。」笨哥說罷，示意警花把一份蓋了保密室印章的筆錄遞到刀疤的眼前。

警花在刀疤的眼前大致翻了翻，而後指著個簽字，對刀疤道：「小景的簽名，你總該認識吧？」

刀疤想了想，道：「那我也不能說。」

「為什麼？」

「這是紀律。你們把邢隊叫過來。他到場、點頭，我就說。」

「邢隊？他來不了啦。」笨哥道，「跟你實話說了吧。今天，查的就是邢隊。」

「那讓局長來，我就說。」

「讓局長來？你覺得這可能嗎？」

「那沒有辦法。」

「這樣，讓局長跟你通話可以嗎？」笨哥問。

刀疤道：「我已經好多年沒有見到過局長了，你叫我怎麼判斷？你們如果做了手腳，那我不就完蛋了？」

「這樣不行、那樣不行，你究竟要怎樣？跟你說實話，邢隊涉及一樁命案。」笨哥正色道，「在這之前，都可以算你是職務行為；在這之後，將視為蓄意擾亂辦案。」

刀疤一驚，想了一想，道：「那我選擇跟局長通話。」

當著刀疤的面，撥通了局長的電話，笨哥道：「局長，在王副之死案中，得到群眾的舉報；其中，有的涉及到刀疤的，需要詢問。詢問剛開始，他不肯配合。你是不是跟刀疤說幾句？」

「好，你把電話給刀疤。」

刀疤接過電話，道：「局長，您好！」

電話那頭傳來局長的聲音：「刀疤，有幾年沒見了。」

「是。」刀疤哽咽了。

「刀疤，別這樣，你好好配合笨哥的調查。」

「是。」

「那就先這樣？」

「好。」

局長那邊掛斷了電話，刀疤將手機交還給笨哥，道：「你問吧。」

「你具體接受了邢隊的幾次任務？」

「主要的，就一次。我是指，這一次的整個大行動、大局。」

「那你平時做什麼？」

「我負責各潛伏小組的日常的組織與管理。」

「不參與每次具體執行任務？」

「具體業務，由邢隊抓；我只負責管理，包括監控。」

「就是說，你作保障？」

「對。」

「能具體說嗎？」

「不能。」

「好，不為難你。」笨哥道，「但，散布王副的傳聞，你沒用腦子想一想嗎？」

「怎麼可能不想？但，這一是有紀律，二是我以為是對敵鬥爭的需要。」刀疤道。

笨哥與警花交換了一下眼色，而後道：「問也問不出什麼來。這樣吧，你像小景一樣，寫份材料，而後加密；由保密室主任決定，哪些我們可以看，哪些不可以看。你看如何？」

「好的，可以。」

電腦屏幕上，依次出現：

向市局領導匯報！

——王副之死專案之相關問題

一、神經性致幻毒劑

珊母秀麗的字跡——

神經性致幻毒劑，產自 E 國。此毒物，服後會有一個星期左右的潛伏期，發作時也分兩類狀態：一類，呈現興奮之狀態，具有極強的攻擊性，如殺人等等。另一類，則呈現憂鬱之狀態，會導致自殺；而自殺，又分割脈、自縊、跳樓等。

絕密資料——

神經性致幻毒劑，經開發，現潛伏期已突破一個星期，可長達近一個月。不僅如此，其潛伏期還很可能有進一步的突破。

審葉蓮娜——

葉蓮娜道：「是一種神經性致幻毒片。」

笨哥道：「說具體點，說它的特殊性在哪裡。」

「特殊性，就是它毒發的時間准確，毒發時的表征確定。」

「再具體點。」

「給人服下後，准時在第 35 天毒發，毒發時的特征、就是會想方設法自縊。」

「這麼說，花魁就是用了這藥？」

「應該是。」

「你是怎麼知道的，花魁應該就是用了這藥？」

「一是花魁之死，已是無人不知；二是邢隊找過我，買了這藥。」

警花道：「邢隊？找你買了這藥？」

葉蓮娜道：「是。」

笨哥道：「邢隊付給了你多少錢？」

葉蓮娜道：「500 萬。」

二、群眾舉報

朝陽大爺道：「我發現有一個人，似乎在有意躲避街頭的監控錄像。我就悄悄跟著他，最終發現：那男的是在跟另一個男的接頭，跟過去的反特電影裡一模一樣。兩人裝著相互不認識，也仿佛沒事似的，可他倆的眼睛都在不停地向四處張望；兩個人說了一會話，而後就分開來，各走各的了。」

西城大媽道：「一個陌生男子，肯定不是我們小區的，裝作沒事似的，在小區裡轉悠；而後晃悠到快遞寄存櫃前，在寄存櫃上寫下了『風向南吹』幾個字。不一會，就有一個租住在小區裡的男子，去看那幾個字；看完之後，就伸手把那幾個字給擦掉了。你說，這不就是在搞過去反特電影裡的接頭暗號之類嗎？」

三、監控錄像調閱對比中的工作錄像

朝陽分局、西城分局——

女警問朝陽大爺：「是這兩個人嗎？」

朝陽大爺道：「沒錯，就是這兩個人，鬼鬼祟祟的。」

女警問西城大媽：「是這兩個人嗎？」

西城大媽道：「沒錯，是這兩個人。你看，像不像搞接頭暗號？」

王副之死專案組內勤公辦室——

「找到了，終於找到了。」一位女警道。

另一位女警卻道：「這兩人中的一個，咋這麼像我們的邢隊呢？」

「不是像，而是確實是邢隊。」

「邢隊為什麼要化裝？又為什麼會在天上人間花魁之死專案最忙的時候化裝出去？他這真的像是在接頭、在布置什麼。」

「找到了，西城大媽說的也找到了。」一位女警道。

另一位女警卻道：「這人怎麼又是邢隊？」

「真的，怎麼又是邢隊。」

「邢隊為什麼要化裝去人家小區、為什麼要寫什麼『風向南吹』？這不真像是搞地下活動、發暗號嗎？」

「難道邢隊與王副之死有關？會不會與花魁之死也有關？」

四、傳聞與爆料及撕逼

街心公園監控錄像——

遛鳥的道：「這回，陳市恐怕真要倒了。」

紅歌道：「為啥？難道王副真是被陳市逼死的嗎？」

遛鳥的道：「陳市與一些高官及商人搞團團夥夥，借人民幣升值，故意走漏消息，發國家之財。」

遛鳥的道：「據說，陳市夫人，還搞了個高官夫人俱樂部，做生意，收受賄賂，玩男人，還特愛玩弄『小奶狗』。」

富商爆料視頻——

富商道：「道貌岸然的陳市，在美國擁有 10 套豪宅。這 10 套豪宅，都在陳市夫人的名下。」

美國民網截圖——

時評家：調查發現，該指控中的第一套房產的地址根本不存

在；其余 9 套房產之所有人，與被指控人沒有任何關係。

五、審小景與刀疤

審小景——

小景道：「邢隊布置我放你的風，我也有過疑惑……」

小景道：「指怎麼教開出租的的哥、遛鳥的大爺等……是暗示他們、引導他們……」

審刀疤——

……

如何向局長匯報？這確實是個難題。在作家的建議下，笨哥與警花剪輯出了這個專題片。

拿著 U 盤、拎著所有的材料，笨哥與警花來到局長辦公室的門口；敲了敲門，聽到局長說「請進」後，笨哥將警花留在門外守著。

如是，就出現了以上的——局長與笨哥關起門來觀看匯報專題片的一幕。

看完匯報專題片，局長道：「邏輯合理，事實清楚，人證物證俱在。你有何打算？」

「怕他出逃。」

「那就立即布控。」

「是。」笨哥只應了聲，便出了門，與警花離去。

兩次聯繫刀疤，均聯繫不上。邢隊感覺大事不妙。

邢隊來到窗前，將身子藏在窗簾的後面，用高倍望遠鏡四下裡瞭望了一番，發現不遠處多出了幾個可疑的小販，而遠處還有一些可疑的、悠閑的身影。

是被布置了立體的監控體系？這就更加證明了邢隊先前的判斷，自己很可能已經被監視居住。

易容。邢隊悄悄潛回隊室（邢隊明白：監控者此刻也在用高倍

望遠鏡注視著自己），從床下抽出一個箱子。

對著鏡子，邢隊先戴上一張假臉，再戴上一頂假髮。脫下自己的長褲，穿上一條緊身褲；再脫下上衣，戴上假乳房，而後套上一件寬鬆的外套。最後脫掉襪子，換上一雙花襪，登上一雙高跟鞋。

瞬間，威猛的邢隊，竟變成了一個體態臃腫的胖老太。邢隊弓著腰，在屋裡走了幾步，感覺可以，便悄悄地下了樓。

到了樓下，邢隊在廚房裡拿了個舊菜籃。去到後門，躲在門後，又張望了好一會，覺得確實安全了，才開了門，一扭一扭地拎著個菜籃走出來。

沒有人注意胖老太。邢隊就一扭一扭地走了半條街，而後拐進小巷；穿過小巷，出現在另一條街上。

在另一條街上，又一扭一扭地走了一小截，在一輛落滿灰塵的轎車前停下。邢隊迅速打開車門，鑽進車裡，扔下菜籃，發動轎車，關上車門，一溜煙地開走了。

在通往市區的路上，邢隊逼停了一輛迎面開來的高級商務車，掏出警官證，只說了句「臨時征用您的車」，便將司機拉了下來。

上車後，邢隊迅即掉頭，將車向市區開去。

待蹲守的刑警發現時，邢隊逃走已起碼有一刻鐘了。

接到報告後，笨哥命令刑警大隊所有人員立即停止手頭的工作，帶上槍械，到大隊樓前的小廣場集合，並啟用了供特級戰備使用的輕型裝甲警車。

「邢隊在逃。有可能逃進 E 國使館。我命令：立即出動，堅決堵截。如無法生擒，可在使館外擊斃。」

一聲令下，60 輛輕型裝甲警車，閃著警燈、鳴著警笛，呼嘯著魚貫而出，將大街上所有的目光全都吸引了過來。

在車上，笨哥繼續發布命令道：「請注意：刑警大隊在外執行任務的所有人員，立即向 E 國大使館靠攏，堅決禁止任何人闖入。」

　　下達完所有的命令後，笨哥這才向市局的局長匯報這一切。原本，笨哥以為局長會批評他自作主張、興師動眾等。誰料，竟得到了表揚，並口頭嘉獎一次。

　　說話間，車隊已到達目的地。笨哥立即命令，全員在 E 國大使館不遠處組成了一道警戒線。為防止邢隊開車衝擊警戒線，笨哥命每個路口，都安排兩三輛警車一字型排開、組成路障。

　　在使館的門外，又布置了「人肉」警戒線。也就是說，不惜犧牲生命，也要阻止邢隊逃進 E 國使館。

　　此外，在重要制高點上，還布置了擁有高精狙的狙擊手。

　　這時，由市局局長調來的空中支援力量也趕到。三架武直 10 在空中呈「品」字形盤旋著，形成了真正的立體的銅牆鐵壁。

　　這裡，一切剛剛准備停當；那邊，邢隊開著的那輛搶來的商務車，也到了。

　　一看如此這般的架勢，邢隊將車一個漂移、掉頭，踩著油門衝進了僅隔著一條街的 M 國大使館。

　　真是防不勝防。

　　笨哥立即命令包圍 E 國大使館的警戒圈，迅即轉身、掉頭，包圍 M 國大使館。

　　同時，笨哥向局長報告，並請示是否可衝進去抓人。

　　誰料，局長在電話的那頭怒火衝天地大罵：「蠢貨！你想製造國際事件？想害死我、想把我送進牢房嗎？」

　　邢隊化妝成胖老太逃進 M 國大使館之後，立即按照國際慣例，要求政治避難，並懇請大使將他設法送往 M 國，說他有重要情報，要親手交給 M 國中央情報局。

　　然，邢隊沒有料到，一是他自己原本是唱紅打黑的幹將，且頗有名氣，因價值觀相去甚遠，人家不願庇護他；二是這 M 國大使是華裔，其在華親友都備受中方政府的各種照應，因此他絕不願為了邢隊而搞壞這種關係；三是他雖貴為大使，但這種事情觸及兩國關

係，稍不留神就會擦槍走火。

如是，大使先生以此事要請示總統為由，將邢隊畢恭畢敬、客客氣氣地晾在了 M 國使館的大會客室裡。

這邊，邢隊見大使如此恭敬、如此客氣，以為有望；而那邊，大使正與 M 國黑人總統通話。

當年，這位黑人總統當選時，也曾風光無限；但，很少有人能夠發現，這位總統生性懦弱。從個性上講，其實真的不配當總統。

一番緊急而密切的磋商之後，大使先生轉給邢隊的答復是：希望邢隊能在 24 小時之內，自行走出 M 國大使館。

晴天霹靂，邢隊沒有想到會是這樣的結果。但，此刻他能想到的，是只要走出 M 國大使館，他就是死路一條。最壞的，可能是剛走出使館大門，他就會被高精狙爆頭。其次，就是死在審訊室裡。能活得最長久的，也不過是走完所有的法律程序。

失望之極。痛苦萬分。邢隊不得不做最後的拼搏，他將原本打算親手交給 M 國中央情報局的資料，當場打開，推到大使面前，道：「你仔細看看，看看我擁有什麼、看看我值不值得你們政治庇護？」

如是，大使又不得不將這一細節報告總統。邢隊的材料，也被迅速加密，處理後傳回 M 國。

這段華裔大使不願成全邢隊的故事，不久就被姓顧的挖得，並撰文曲裡拐彎地抨擊這華裔大使，說他的行徑嚴重損害了 M 國在世界上的民主形象。

也因此，為挽回影響，一年後，華裔大使與黑人總統及國務卿等，共同布局上演了一出——由一個盲人徒手翻越 4 米高牆，再千里走單騎、獨闖 M 國大使館的鬧劇。

不僅如此，還讓兩國的政治家們吵吵鬧鬧、談判協商；最終，以一大筆商業利益、及將盲人接去 M 國，作為這出鬧劇的收場。

　　大使將邢隊的材料加密傳回 M 國後，便令使館人員與總統辦公室、M 國中央情報局同步，齊頭並進研究這些材料。

　　然，經深入研究之後，三方的結論均為：有價值，但價值不大。因此，大使在向邢隊交還資料時，再次表示：希望能在 24 小時之內，自行走出 M 國大使館。

　　絕望，徹底的絕望。邢隊哀求 M 國大使，請求他作出保證：當走出 M 國大使館之時，不會被中方的狙擊手擊斃。

　　大使與中方電話會商後，給邢隊的回復是：中方絕對保證，對邢隊的處理將嚴格按照法律程序。

　　萬般無奈。在飽食了一頓使館為他送行而准備的西餐後，邢隊也只好離開大使館。

　　臨行前，大使請邢隊將那包材料帶走，邢隊道：「既然已沒有任何價值了，那就請你們代為銷毀。」

　　隨後，邢隊將雙手高高舉過了頭頂，緩緩地走出了 M 國大使館。

　　笨哥一個箭步上前，迅即奪下邢隊別在後腰上的手槍；幾乎同時，其他刑警也虎狼般撲了上去，扭住邢隊，給他戴上了手銬。

　　押到警車的門邊，又搜了一遍身之後，兩個刑警一左一右將邢隊押上了警車。

　　警車閃著警燈、鳴著警笛，一路呼嘯著，向邢隊再熟悉不過的、刑警大隊的大樓馳去。

　　花魁復活了。不是靈異，而是真的，千真萬確的。

　　花魁又活轉過來。她比原先更美麗、也更水靈，仿佛回到了從前，回到了剛從茶花村出來的那時。

　　花魁離開了天上人間，自己開了一家花店。那花，都是每日淩晨從雲南空運來的。

　　花魁，每天與鮮花為伍、和鮮花作伴。她，侍弄著各色各樣的花，漸漸懂得了花語。她與花交流，有時談心，有時唱歌，有時舞

蹈——花，襯托著她；她，襯托著花。每時每刻，她都徜徉在一朵又一朵的鮮花叢中……她，真的成了花魁、花中的仙子。

花魁，早已愛上了笨哥，愛得深沈；情感，真誠而熾熱。

笨哥成了這世界上最最幸福的人。笨哥常常幸福地唱呀跳呀，手舞足蹈。

笨哥的歌，唱得並不好，他五音不全。可，花魁一點兒也不嫌棄。花魁覺得，愛就是最美的歌、最動聽的歌。如果沒有愛，歌唱得再好，那也不過是一種技巧。

笨哥的舞，跳得也不好，但比他爹強多了。笨哥不會踩花魁的腳，花魁也比笨媽聰明，她會帶著笨哥。當然，更多的時候是笨哥自己跳，自己手舞足蹈。誰能說手舞足蹈不是舞蹈？其實，最原始的舞蹈就是手舞足蹈；舞蹈，就是起源於手舞足蹈。

笨哥還成了暖男，真正的暖男。雖然，在笨哥的暖之中，或多或少有邢隊的影子，算是二把刀子的暖男；但，笨哥的暖，是真愛。真愛，不比太陽都熱情洋溢嗎？況且，花魁稀罕的就是真愛。

每一天，都在情中起舞；每一刻，都在愛裡纏綿。剛剛感受到太陽升起，一轉眼就又要落山了；剛剛看著月芽兒爬上樹梢，一轉眼又已是黎明時分……一個星期，仿佛只是一個瞬間；一個月，也不過眨了一眨眼……時間，飛快地穿過歲月。剛剛春去，已是秋來；才脫棉衣，又臨夏至……不知不覺，笨哥與花魁已經相戀恩愛了很久很久，也仿佛都已經是地老天荒。

該結婚了。裝修婚房、置辦家電，買婚衣、買床上用品，照結婚照、預訂婚宴……事情真多呀，時間也真不夠用。幸好，有珊姐、作家、警花等哥們姐們肯幫忙。

總算一切落定，人生中最重要的大戲，就要鳴鑼開場。

婚禮上，那討厭的司儀的自我賣弄，忍了；鬧洞房時，哥們姐們的肆意與妄為，也都認了……

終於，等到了揭紅蓋頭的時候。笨哥，輕輕地挑起了蓋在花魁頭上的紅蓋頭；花魁的臉蛋，像紅蘋果，不，比紅蘋果還紅、還

鮮、還甜，還醉人，還令人心動，還永生難忘。

　　沒有「你儂我儂」，勝過「你儂我儂」。花魁就是花中仙子，那嬌、那羞，不是花蕊，勝似花蕊。笨哥也是男人中的男人。誰說憨不是種男人的品格？誰說男人的笨，不是種女人的安全感呢？

　　柔情蜜意，蜜意柔情，無法用人世間的文字表述。世間的文字、文學、詩歌、音樂、舞蹈、繪畫、雕塑等等，都只能表達一般，一般的情景、一般的情緒、一般的情節……而無法表達特殊與獨一無二。

　　太美了，太幸福了，太激動了……這，就是生命的交響；不，該是生命的混響、多聲部。

　　「哇──」的一聲嬰兒的、響亮的啼哭聲，笨哥的兒子出生了，笨哥與花魁共同的兒子、來到了人世間。

　　兒子會笑了。兒子會叫笨哥，會叫「爸爸」了；兒子會叫花魁，會叫「媽媽」了。兒子會走路了，兒子會奔跑了。

　　兒子在草地上奔跑、戲耍，遠處是小樹林，更遠處是藍天，碧藍碧藍的天……笨哥與花魁相擁著坐在草地上，幸福地望著兒子。

　　突然，一只巨大的黑手伸過來，掐住了兒子、要掐死了兒子。笨哥看清楚了，那只黑手、就是邢隊的手。

　　笨哥一個箭步，衝了過去，與邢隊扭打。扭打中，笨哥漸漸占了上風；而邢隊，卻悄悄地掏出手槍，對准笨哥、扣動了扳機……

　　「啊──」一聲慘叫中，笨哥醒了過來。

　　揉揉眼睛，四處張望了下，發現是在自家的客廳裡、寬敞的客廳裡；又不知不覺地，在沙發上、寬大的沙發上，睡著了。

　　邢隊被押回刑警大隊的大樓後，就直接被送進了審訊室。

　　進了審訊室，刑警們打開了邢隊的手銬。邢隊正想活動一下手腕，幾個年輕的刑警上前，將他的左手反擰到身後向上，右手從上往下反擰過去向下，背花式地反銬了起來。而後，才掀起被審訊者坐椅上的擋板，將邢隊推坐進去。

座椅的四個底腳，都是固定在地面上的。椅子上的擋板裝的是碰鎖，邢隊坐進去，擋板放下、就自動地鎖上了。

或許他們知道邢隊的功夫也十分了得，年輕的刑警們又找來了一根繩索，將邢隊的兩只腳分別綁定在椅腳上。

此刻的邢隊，倒也算是配合。

安置妥當之後，就只留下一個人看守著邢隊，其他人出去了。

約摸又過了一個多小時，笨哥才與警花進來。

警花坐下來之後，打開了電腦。而笨哥，則徑直走到了邢隊的跟前。

邢隊望著笨哥，沒有說話。笨哥望著邢隊，也沒有說話。

突然，笨哥抖動了兩下肩胛……邢隊已明白，該來的、就要來了。但，他萬萬沒有想到的，是笨哥的積怨、會那麼地深，以至自己沒法招架、也根本招架不住。

笨哥沒有打話，只是在心裡默念道：這一拳，是為了花魁，叫你嘗嘗、生與死只一步之遙的滋味。笨哥一個直拳，砸在邢隊的左眼上。先暈，後轉，再天旋地轉；邢隊的左眼，像吹出的泡泡糖，看著看著就鼓了起來。這一拳，是為了警花，叫你仔細嘗嘗、長期霸占警花的滋味。笨哥從下往上，一個勾拳、砸在邢隊低著的頭的鼻梁上。先酸，後疼，再沒有了感覺；邢隊的鼻子歪了，鼻梁骨八成也斷了。這一拳，是為了我自己，叫你也嘗嘗、我這十幾年被你憋屈得半死不活的滋味。笨哥，又一個擺拳，砸在邢隊的嘴唇上。先腥，後痛，再沒有了知覺；邢隊很自然的一仰一挺，一口汙血噴了出來，血裡還有顆牙齒。或許，還有的被打落的牙齒，已被他就著血咽進了肚裡。

滿臉是血，眼睛腫了，鼻子也歪了，邢隊含著一嘴的血，嘟嘟囔囔地道：「別打啦，別打啦。笨哥，是我一直對不起你。我求你，別再打啦。我說，我都說，竹筒倒豆子，全都說出來。」

「那你說，花魁是不是你害死的？」

「是。」

「怎麼害死的？」

「給她下了神經性致幻毒劑。」

「毒劑哪來的？」

「找人買的。」

「找誰買的？」

「葉蓮娜。」

「葉蓮娜是誰、什麼人？」

「E 國間諜。」

「你們是怎麼認識、怎麼聯絡的？」

「只是一般認識，沒有聯絡。真的，我發誓！」

「那你是怎麼知道她有毒劑的？」

「早幾年，調我到國安幫助工作時，在資料中看到的。」

「你就這麼容易聯繫上她嗎？」

「是的，他們缺錢。」

「那毒劑，你是花多少錢買的？」

「500 萬。」

「盧布？」

「人民幣。」

「這麼貴？」

「是的。他們肯賣，就是為了籌措科研經費。」

「那你是何時給花魁下的毒？」

「死之前的 35 天。」

「怎麼下的？」

「我自己去了天上人間，在花魁的套房裡坐了會，趁有人找她，她去門口跟人說話，我就把毒劑注入了她的茶杯裡。」

「你注入後就走了嗎？」

「沒有，我親眼見她喝了後，又坐了一會，才離開的。」

「你的動機，為什麼要毒死花魁？」

「我曾經在花魁那裡拿了五百萬，怕她說出去。」

「你是什麼時候在花魁那裡敲詐了五百萬？」

「差不多是花魁死之前的一年多。」

「花魁死之前的一年多？那麼，那時的你，為何沒有想到要加害花魁呢？」

「那時，她對我不構成威脅。」

「那麼，為何後來你又覺得花魁對你構成了威脅呢？」

「因為，後來王副常去天上人間找花魁。」

「只是王副常去找花魁？」

「還有……」

「還有什麼？」

「還有，還有就是王副早就勾搭上了大美女。」

「這麼說，你不僅是怕花魁告訴王副，你詐騙了她五百萬的事；而且，你也早就有想除掉王副的心思？」

「沒有，我沒有想弄死王副。王副的死，與我無關。真的！」

「那麼，你想讓王副怎樣呢？」

「我只是想通過天上人間花魁的死、這樣具有震撼力的事件，延燒到王副，讓王副的醜聞暴露出來，而後讓紀委找他。」

「這麼說，你算到了花魁死的那天，王副會去天上人間，你想在現場抓住他？」笨哥問。

「是的。」邢隊回答道。

「你的意思是，你沒有想到王副會自殺；或者說，王副自殺，是另有隱情？」

「應該是。」

「除了構想，你就沒有通過其他手段，對王副施加壓力嗎？」

「有的。」

「說具體的。」

「我指使刀疤等放風。」

「海外爆料與你有沒有關係？」

「有，但過程與效果不是我事前安排的。」

「那麼，刀疤等，是你為對付王副專門安排的嗎？」

「不是。」

「那是怎麼回事？」

「刀疤等的臥底，以及利用小區快遞寄存櫃等傳遞暗語，還有海外放風等等，都是上面為了應變而特別設計與安排的。只不過，是被我利用了。」

「你對王副還使用過哪些手段？」

「沒有了，就這些。」

「王副的材料是哪裡來的？」

「搜集的。」

「是誰搜集的？」

「有的是我，有的是我讓刀疤他們搜集的。」

「你是從什麼時候開始知道王副與大美女有特殊關係的？」

「早就知道了。」

「早到什麼程度？」

「幾乎一開始就知道了。」

「大美女知道你知道她與王副的關係嗎？」

「不知道。」

「你為什麼不捅破、不制止？」

「我想利用他們。」

「這麼說，你早就不想跟大美女過一輩子了？」

「是的。」

「這麼說，你對警花倒是真心的？」

「是的。」

「你想利用大美女，兼而利用王副，往上爬；而最終，再用警花替代大美女，過日子？」

「是的。」

「大美女知道嗎？」

「不知道。」

「也就是說，大美女還是想跟你過一輩子的。」

「應該是。」

「所以，她一直都在有意無意地幫你，變相地出賣了王副，是這樣的嗎？」

「應該是。」

「還有一個問題。」笨哥突然問道，「你為什麼非要把我擠出專案組呢？」

「我估計你發現了王副易容。」邢隊答，「主要是，你建議查監控錄像，而且是一查就是一個月。」

「你怕查一個月的無果，會繼續向前翻，最終會翻到你？」

「是的。」

「也就是說，你早就發現王副易容了。」

「是的。」

「那麼，你為何不在易容問題上，設法突破王副？」

「因為沒有意義。」

「什麼叫因為沒有意義？」

「就是，如果沒有天上人間花魁之死作為背景，單靠揭露出王副經常易容去天上人間，是不可能置王副於死地的。」

「也就是說，你怕查一個月的監控錄像無果，會繼續向前翻，最終會翻到你；且怕查一個月的監控錄像，也會把王副查出來？」

「是的。」

「換句話說，你早就選擇並設計了，用爆炸式的醜聞的方法、最終摧毀王副？」

「是的。」

「那麼，你又怎麼能夠肯定，用爆炸式的醜聞的方法，就一定能夠摧毀王副呢？」

「我利用大美女，間接地對王副做過心理測試。」

「也就是說，你已經預先得知了，王副會頂不住壓力，很有可能找紀委自首？」

「是的。」

「如果萬一王副不選擇自首呢？」

「那他也基本上完了。總之，這樣會比僅抓到他易容進入色情場所更具有轟動的效應。」

「明白了。從易容入手查，無法徹底摧毀王副。這樣，還會干擾你用爆炸式的方法，從根本上徹底摧毀王副的總體計劃，是不？」

「是。」

「最後一個問題。」笨哥道，「富商出逃，逃到美國去爆料，是不是也是你安排的？」

「是我放走的，但不全與我有關。」

「你與劉剛有沒有關係？」

「沒有。」

「與姓顧的有沒有關係？」

「也沒有。」

「富商的海外爆料，與刀疤、小景等的臥底，是不是一個整體性的安排？」

「是的。」

「這些，都是為了搞垮王副？」

「不是，我前面已說過。」

「那是為了什麼？」

「為了、為了、為了……」邢隊面有難色。

「說，為了什麼？」笨哥厲聲道。

「這是 B 計劃。」

「B 計劃？什麼是 B 計劃？」

「這個真的不能說，你的閱密級別不夠。如果我說了，會死得更快。不信，你可以問局長。」

「這麼說，是你利用了 B 計劃？」

「是的。」

笨哥沒有再說什麼。

「渣男！一個典型的渣男。」一直陪審、沒說話的警花，無意識地罵出了聲。

從審訊室出來，笨哥回到辦公室放下審訊記錄，從電梯下到大樓的底層車庫，開著自己的車就直奔市局。

到了局長辦公室門口，笨哥整了整身上的制服，敲了敲門。

聽到局長說「請進」後，笨哥像枚子彈般迅即射入，並立定在局長的辦公桌前，問：「請問局長，我現在是全面接替原先邢隊手上的工作了嗎？」

「是呀。不早就宣布了嗎？」局長不解地問。

「那麼，我的閱密級別，是不是也與原先邢隊的一樣了？」

「是呀，有問題嗎？」

「那請問局長，什麼是 B 計劃？」

「哦，我正要找你談這事。你坐，坐下來談。」

笨哥在局長辦公桌前的椅子上坐下。局長卻站了起來，去保險櫃中取出一份帶有「絕密」字樣的文件，對笨哥道：「簡單說，B 計劃是在最壞的情景下的一個處置方案。」

笨哥站起身來，去接局長手中的文件；然，局長卻沒有交給笨哥，而是放在自己的辦公桌上，繼續道：「B 計劃，是全國一盤棋，一盤巨大的棋局。」

笨哥點了點頭，局長指著辦公桌上的絕密文件道：「這份文件，是 B 計劃的一部分，是由我局負責的部分。」

笨哥又點了點頭，局長繼續道：「這次，邢隊利用了 B 計劃的平台。因此，我局負責的部分，就只能作廢了，需要重新做。這項工作，從現在起，由你來負責。」

「是。」笨哥道。

局長指著文件道：「我局參與 B 計劃的具體人員，並不知道 B 計劃的存在。因此，你只需把他們全部撤回即可。而後，你重新物

色人員，重新部署 B 計劃。」

「是。」笨哥又道。

「注意，物色新人員是重中之重，要絕對可靠、穩妥。同樣，不要讓任何一個參與 B 計劃的具體人員知道 B 計劃的存在。」

「是。」笨哥雙腿並攏、向局長敬禮。

局長這才將絕密文件交到了笨哥的手上，而後道：「去吧，去執行任務。」

審訊室裡，一切依舊。依舊是很強的光，照著被審訊的人。

這次被審訊的人，是大美女。身上，還穿著被拘時的警服；不過，她也算知趣，已把警銜等、全都摘了下來。

「大美女，這是第幾次提審你了，還記得嗎？」笨哥問。

「第七次了。」大美女道。

「記性不錯嘛，那為何總是該說的不說呢？」

「從主觀上講，我真的沒有想要隱瞞什麼，只是不知該說什麼。你提醒一下，我一定都說。」

「我提醒一下你再說，能算你的態度好嗎？論當警察，你比我的資格還老；你不會不知道，態度是處理與量刑的依據之一吧？」

「知道。笨哥、警花，你們幫幫我！這麼多年了，我是自私，只想著自己的好；可，我畢竟是沒有害過別人；至少，是主觀上沒有想要去害誰。」

「是嗎？那你有沒有幫邢隊、對王副做過心理測試？」

「沒有，真的沒有。」

「仔細想想。比如，包裝過的……」

「那好像有，好像是做過……哦，我上當了！邢隊說，那是運氣測試，看王副還能不能升官、能升到多大。就兩頁判斷題，是我拿去讓王副做的。當初，王副還不太願意做，是我逼他做的。」

「測試結果呢？你交給了邢隊？」

「是的。」

「邢隊怎麼說？」

「邢隊說，王副的官運還沒到，還要再等一兩年。」

「你信了？」

「是的。」

「王副也信了？」

「沒有，他不信這些東西。」

「好，沒問題了。」

「我有問題，能說嗎？」大美女道。

「你說。」

「我想離婚，想跟邢隊離婚。」

「這有什麼意義呢？」

「怎麼沒有意義呢？他八成是要被判死刑的。而我，總不可能被判死刑吧？我還有我的人生。離了婚，那就是——我的前夫被執行了死刑，而不是我的丈夫被執行死刑。」

「哦。」

「警花，你幫幫我！」大美女哀求道，「我可從來沒有想過要害你，也不欠你的……」

「什麼意思？」警花打斷了大美女的哀求。

「哦，我說錯了。」大美女抬手「啪」地給了自己一記耳光，道：「我們都是女人。請你在離婚這個問題上，理解我。」

警花沒有回答大美女。

大美女又抬手，「啪」「啪」地一下下搧自己。

「好吧，我們盡力。」警花答應了，並制止了大美女再搧自己。

「那謝謝，謝謝！」

審訊室裡，一切如舊。屋子如舊，設置如舊，燈光如舊……今天與昨天，沒什麼太大的區別；今天與明天，也不會有太大的區別。

所不同的是，如今坐在被審訊席上的是邢隊。

　　這一次，笨哥對他的態度很好。

　　兩人對視了一下後，笨哥道：「你也算老刑警了，你的案子，你很清楚。我勸你，還是該說的，就一五一十說出來。」

　　「沒問題。」邢隊道，「但，我不知從哪說起。還是你問什麼，我就說什麼。」

　　笨哥問：「富商在海外的爆料及其內容，都是你設計的嗎？」

　　「海外爆料，是我設計的。至於內容，我只是大體定了一個框框；具體的，由他去充實。」

　　「陷害陳市，是在計劃之內、是你定下的嗎？」

　　「不是。」

　　「那為何王副自殺後，爆料不斷呢？」

　　「剛剛看了你給我看的材料，有的爆料陳市的內容，是為爆料王副准備的。」

　　「那為何用在陳市身上？」

　　「可能是王副的抗擊打能力太弱，材料沒用上就死了；所以，富商就用在了陳市的身上。」

　　「你沒回答我的問題，為什麼要陷害陳市、什麼目的？」

　　「我沒有打算爆料陳市。」

　　「那富商怎麼會不斷爆料陳市呢？」

　　「不知道。」

　　「不知道？真的嗎？」

　　「真的。都到了這種時候，我說假話還有什麼意義呢？」

　　「那富商為何非要陷害陳市呢？」

　　「我想，富商應該不只是挂靠在我這裡吧？」

　　「哦。」

　　「你可以好好查查，可能是富商火了以後，被別的什麼人收買或利用了。」

　　「你真的是不願意合作嗎？」笨哥道。

　　邢隊道：「我說的都是真的，我沒有讓富商爆料陳市。」

「我不再是說富商爆料陳市的事了。」笨哥道,「我是說,花魁是你下了神經性致幻毒劑後自縊的,那麼,又怎麼會冒出一個會縮骨術的做小偷的兇手呢?」

「哦,這是我忘了,是我漏交代了。」

「那好,你說說。」

「是這樣。」邢隊道,「王副死後,我怕別人不信那皮夾克就是王副易容後扮的,更怕徹查天上人間的監控錄像,就跟人商量,弄個人頂替皮夾克,再讓這個人成為殺害花魁的兇手。這樣,就可以把花魁之死的案子也了結。」

「你跟誰商量過?」笨哥問。

「不記得了。或許,是我自己在心裡跟自己商量吧。」

「那麼,偷兒、毒販,又是怎麼回事?」

「毒販就是偷兒。以前協助反扒時,抓過他。他可能不記得我了,可我記得他,所以知道他會點魔術之類。後來,可能是他吸毒了,而後以販養吸。那次,全面掃毒,我又抓到了他;是他讓我放他,將來可以頂包。我就放了他。」

「你怎麼敢放他、又怎麼敢想以後頂包?」笨哥不無心痛地道,「不是我說你,你膽子也太大了。」

邢隊也感覺到了笨哥的善意,無奈地道:「你不在我的位置上,不知道我有多難。」

「有什麼難的呢?最多,不就是不當官嗎?你的官癮怎麼就這麼大呢?你看看你,一步錯就步步錯。真不知道這些年,你究竟闖了多少紕漏,做了多少傷天害理的事。」笨哥想了想,又道,「不過,與花魁之死案無關的,我都懶得知道。」

「或許真的是我錯了,一開始就錯了,應該把你當成朋友。」

「現在說這些,還有什麼用呢?」

「是。」

「那今天,就先到這裡吧。」笨哥道。

「那,我問個題外的話,可以嗎?」邢隊吞吞吐吐地問。

「說。」

「警花沒有來？」

「沒來，這還用問嗎？」

「她還好嗎？」

「很好。」

「哦。」

「還有什麼想問的？」

「沒有了。」

皮夾克戴著手銬、腳鐐，被兩名刑警帶進了審訊室。

笨哥看了眼皮夾克，對押解的刑警道：「給他把腳鐐打開吧。」

「他會縮骨術。」刑警道。

「我在這。」笨哥道，「再說，會縮骨術，他想跑早跑了，手銬、腳鐐能鎖得住嗎？」

刑警打開了腳鐐，皮夾克活動了下腿腳，道：「謝謝。」

兩名刑警都退了出去。

笨哥問：「天上人間的花魁，是你殺害的嗎？」

「是的。」

「你知道殺人是什麼罪嗎？」

「知道。」

「你有沒有想過，會給你判什麼刑？」

「想過。」

「那會怎麼判你呢？」

「槍斃。」

「你真就這麼不怕死？」

「該我死時，我怕、有用嗎？」

「你會縮骨術？」

「會。」

「你把手從手銬裡退出來。」

「這怎麼退？」

「你不是會縮骨術嗎？」

「……」

「你就別再演戲了。告訴你吧，邢隊已經被抓，現在跟你同在一個看守所。」

「真的？」

「不是真的，我怎麼會知道你的縮骨術、只不過是個魔術呢？」

「那你能再說一件事嗎？」

「你不記得了吧？過去反扒時，邢隊抓過你。」

「你讓我想想。好像有這麼回事。」

「你是販毒被抓，而後自願要做頂包，讓邢隊把你當刑事犯抓的。是不是？」

「是。看來邢隊是真出事了。」

「告訴你吧，邢隊才是真正的天上人間花魁之死的兇手。」

「真的？」

「這還有假？」

「好好，我說，我都說。要不，你給我紙筆，我先寫份完整的交代材料；你們看後，有不清楚的，再審。」

「有意思。從沒見過被審訊的嫌疑人自願寫交代材料的。」

「我不一樣。當年，差一分，我就上清華了。」

「不簡單。」

「不談這些，好漢不提當年勇。我這一輩子，就是讓這個社會給糟蹋了。」

「你自己沒有責任？」

「也有，就是看清這個社會太晚了。」

「……」

笨哥又買了好些菜，把作家、珊姐都叫了過來。

　　三人坐定之後，珊姐道：「大功告成！我提議，先同乾一杯。」

　　共同舉杯，一飲而盡；而後，笨哥卻道：「我總覺得還有哪裡不對勁。」

　　「指整個案子？那就理一理。」作家道。

　　珊姐道：「我來理。」

　　「好。」

　　「那我就班門弄斧了。」珊姐扳著指頭道，「邢隊，早就知道大美女與王副有私情；可他利用這私情，使大美女能提升，自己也跟著往上爬。但，他心裡一直不痛快、想報復，可，又拿王副沒辦法。無意中，他發現了王副易容去天上人間，他覺得這是復仇的機會。但，一般性地揭穿王副易容去天上人間，扳不倒王副，所以他就想到了把事情搞大，大到能調動全市的主要警力，在這樣的情景下，現場抓到王副，使王副難堪。但他沒有想到，王副會急中生智、假裝微服私訪，而後發了一通脾氣，就大搖大擺地走了。沒辦法了，邢隊就利用傳聞、爆料等手段，一步步打擊王副的心理防線，想逼王副自首。誰料，王副沒有自首，而是自殺了。局長讓笨哥破王副的案，笨哥青睞大排查，這樣就有了警花通過小腳偵緝隊找到邢隊的破綻。而刀疤、小景的被抓與交代，則開啟了破案的總閘門；如是，邢隊便企圖逃亡。最終，邢隊被抓獲，一切就真相大白了。當然，我在其中理出了葉蓮娜的線索，也功不可沒。」

　　「完了？」笨哥問。

　　「完了。」

　　「還覺得不對勁，不知哪裡還是缺了點什麼。」

　　「我來試試。」作家道，「邢隊毒死花魁，是為了制造轟動效應。神經性致幻毒劑，是找葉蓮娜買的；而錢，恰恰又是花魁的……」

　　突然，作家停住了，道：「我好像發現了。」

　　「我也意識到了。」笨哥道。

　　「那你說。」

「你說。」

「你先說。」

「你先說。」

「你倆這是在幹啥？」珊姐道。

「好，那我先說。」笨哥道，「還有個疑點，就是——邢隊是怎麼詐到花魁 500 萬的？」

「對。」作家道，「花魁並不傻，不可能這麼容易就被詐騙，且還是 500 萬。」

「對呀！可，花魁會有什麼把柄被邢隊抓住了呢？」珊姐道。

「可能真的有什麼被邢隊抓住了吧？」

「可，問題是，花魁能做什麼、又會做什麼呢？」

「會不會是這樣呢？那所謂的把柄，其實不是把柄，而是被邢隊當成了把柄？」

「訛詐？」

「對，會不會是被訛詐？」

「有可能。花魁並不真懂法，邢隊又是高手……」

「一定是這樣。」

「花魁，很可能就是被嚇唬住了。」

「別猜了，這很簡單的。明天，再提審下邢隊，不就什麼都清楚了嗎？」笨哥道。

審訊室裡，一切皆依舊。舊屋子、舊設置、舊燈光……邢隊，又被提審了。

笨哥道：「邢隊，你真不痛快呀！」

「該說的，我都說的。」

「沒有吧。」

「都說了。」

「你就不會有意藏了某一點，讓證據鏈不完整，便於以後翻供？」

「我心已死，還翻什麼供呢？」

「不會吧？按照你的性格，是一定會這麼做的。」

「可，這一次，我真的沒有這麼做。」

「我是笨，大家也都叫我笨哥。可這一次，我還真想到了。」

「那你說。」

「好，我說。但我若是說出來，該怎麼懲罰你？」

「別別，讓我想想。」

「好。」

審訊室裡，一切都似靜止了，只有邢隊的腦子、在飛快地轉動。

「想出來了嗎？」笨哥道。

「沒有。真的好像沒有什麼該說而沒有說的了。」

「要不要我提示一下？」

「好，你提示。」

「你在花魁那裡詐騙了 500 萬，對吧？」

「是。」

「那麼……」

「哦，知道了。」邢隊道，「你是說，花魁怎麼會老老實實拿出 500 萬給我，是這個點吧？」

「是。」

「是這樣的。我恰好打聽到，花魁的老鄉楊二嗜賭；而花魁，給過楊二 20 萬。」

「接著說。」

「後來，楊二又沾染上了毒品。」

「繼續。」

「我就把花魁約出來，說楊二參與販毒，花魁給過楊二的 20 萬，可能會被算作毒資。這樣，就得抓她，還要搜查天上人間等等，以及 20 萬毒資可能的量刑等等，她就被嚇住了，而後便就範了。」

「是她提出給 500 萬？」

「我提的。」

「她沒還價嗎？」

「沒有。」

「那麼，楊二是真的販毒了嗎？」

「可以算，也可以不算。」

「這怎麼說？」

「是他們吸毒者之間的、少量的賒貨。」

「楊二如今在哪？」

「楊二死了。」

「是怎麼死的？」

「拘押期間，在牢房裡摔死。」

「摔死？」

「是。」

「怎麼講？」

「就是被拘押的嫌犯之間相互摔跤，被摔死了。」

「摔跤，被摔死了？」

「是的。」

「怎麼會恰好是摔死了楊二呢？」

「確實是恰好摔死了他。」

「跟你有沒有關係？是不是你指使的？」

「跟我沒關係，我發誓。」

「可信嗎？」

「可信。」

「這些年，什麼躲貓貓、喝水死、洗臉死、睡覺死、蓋被死、發狂死、妊娠死、衝涼死、骷髏死……這些，也都可信嗎？」

「那我就不知道了。」

審訊室裡，一邊坐著笨哥與警花，另一邊坐著教授。

「知道為什麼請你來嗎？」笨哥問。

「知道。」教授道。

其實，邢隊被抓後不久，教授就得到了消息。知道邢隊被抓後，教授的心裡一直忐忑不安；一直在想，邢隊會不會什麼都說，會不會牽連到自己。

但，反復思考與論證的結果，是邢隊自己已經完了，且無可挽回；因此，邢隊沒有必要再牽連別人。

如是，教授的心裡，就沒有什麼好緊張的了。何況，所有需要對答的，教授都已經像備課一樣，做好了十分充分的准備。

閃回。

「咚咚咚。」

「誰呀？」

「戶籍警。」

「什麼事？」

「開個門，你讓我進來說。」

教授剛打開門，就突地湧進了一群警察。

「你們這是要幹什麼？」教授問。

「我們要幹什麼，你應該很清楚。」一個警察回道。

其余的警察，便湧進了書房；檢查電腦的檢查電腦，檢查 iPad 的檢查 iPad，檢查手機的檢查手機，翻看書櫥的翻看書櫥，也有的去了其他房間，連廚房、衛生間和陽台都看了個遍。

知趣的教授不喊，而是很鎮定地問：「這，就算是傳說中的『喝茶』嗎？」

派出所的副所長，點了點頭。

「那就談吧。」教授道。

「請你穿上外套，跟我們走。」一個警察道。

「好。」教授說著，換上了外套。

「你先簽下傳喚書。」

教授拿出筆來，簽下了自己的名字。

「再簽下搜查證。」

教授接過來，又簽了字。

「還要簽下扣押清單。」

教授還是簽了字。

「走吧。」說話的警察走在前面，教授跟著。其餘的警察，在後面押著教授；有的抱著電腦主機，有的拿著 iPad 和手機，也有的抱著翻出來的十幾本書。

大院裡的人，站成了兩排，夾道看著警察把教授押上了警車。

笨哥問：「你與邢隊是什麼關係？」

「朋友。」教授答。

「你是否參與了邢隊一系列的犯罪活動的策劃？」

「沒有。」

警花道：「沒有？把笨哥擠出天上人間花魁之死專案組，你是不是參與了？」

「參與了。」教授先回答，而後卻又爭辯道，「可，這完全屬於邢隊與笨哥之間，對上面的爭寵、邀功之類。作為邢隊的朋友，我站在他這邊也不算什麼錯，更談不上犯罪吧？」

「那你們是不是在私下裡搞什麼『綠帽俱樂部』、還發明了什麼『綠帽理論』？」笨哥問。

「也不存在啥俱樂部。就兩個被戴了綠帽的人，聚在一起喝喝酒，不犯法吧？至於『綠帽理論』，更不過是說說而已。老婆被人明目張膽地睡了，難道還有錯？就不能發發牢騷、相互取暖嗎？」

「邢隊是不是在那時起了報復之心？」

「不可能吧。怎麼可能到那時才起了報復之心呢？任何人，一旦知道自己的老婆被人睡了，都立即就會起報復之心。反之，任何睡了別人老婆的人，難道不應該想到、總有一天會被人報復的嗎？這是最基本的道理，對不對？」教授道。

「那邢隊的報復，是不是你唆使的？你的『綠帽理論』，是不是鼓動報復？」笨哥問。

「第一，邢隊的性格比我剛多了。他還用得著我唆使嗎？第二，看來你根本就不知道『綠帽理論』為何物。『綠帽理論』是講妥協的，是提倡向社會低頭的。也可以說，是一種和諧理論。」

「哦。」

教授又道：「所以說，我應該是屬於在無形之中，規勸邢隊的。只不過，沒有勸成功而已。何況，我並不知道細節；如果知道的話，有目的地規勸，沒准我就成功了。」

「那在對付王副中呢？你又起到了什麼作用？」

「第一，王副是自殺，而不是邢隊害死了他。第二，邢隊也始終沒有想要弄死王副的想法。因此，我這個局外人，無論起什麼作用，都最多是說了不該說的話，而夠不上犯罪。」

「那皮夾克呢？」

「什麼皮夾克？我沒有皮夾克，也沒有穿過皮夾克。」

「不是衣服。而是你們設計的假兇手。」

「有假兇手嗎？我不知道。」

「邢隊沒提過？」

「提過嗎？你以為我是邢隊的領導，邢隊什麼都會向我匯報嗎？」

「我是說，邢隊會不會有意無意間說過？」

「這是邢隊說的嗎？反正，我是不知道。如果真的是他跟你這麼說的，那就應該是他想減罪。但，邢隊如果把我拖進來，那麼，他這個朋友，我就算是白交了。」

「他沒有說是你出的點子。」笨哥道。

「我想，他也不會說。」教授道，「你們不應該只治邢隊的罪。我們是弱者。睡別人老婆的，才是原罪、所有的罪的起始點。你們應該追究、並且重罰，這才是平等、公正、法治，也才是文明、和諧以及誠信、友善等等。是不是這道理？」

「你很能說。」

「不是我很能說，而是講道理。因為，理在法之前，理順了，

法才能順。」

「先談到這裡。你還需要留個案底。」

「我沒犯罪，幹嘛留案底？」

「這是程序。」

「但不合理。」

「即使不合理，也已成為了慣例。」

「好吧，那請你們把我的電腦、iPad、手機及十幾本書還給我。這總是可以的吧？」

「電腦、iPad、手機要檢查下，明天可以還你；十幾本書，都沒收。」

「為什麼？書跟這事沒有關係。」

「你說了不算。」

取保候審中的珊姐、張富、張貴，都被請進了刑偵大隊，且被分開來詢問。

依舊是審訊室，但沒有讓被詢問的人坐到被審席上去。

笨哥道：「知道楊二這人嗎？」

張富道：「知道。楊二是我們村上的人。」

「與楊二有來往嗎？」

「沒有來往。他嗜賭，後來又吸毒，我和張貴都躲著他，他有時找花姐借錢。」

「楊二常找花魁借錢嗎？」

「也不是常找，但也有過幾次。」

「有多少次？」

「那我就沒法說准了。」

「都能借到嗎？」

「應該能借到吧。花姐人好，手也松，尤其是對老家的人。每次回家，鄉親們找她借錢，都能借到。」

「能借到多少？」

「沒有一定。有幾十萬的、幾萬的，也有幾千的。」

「那楊二呢？能借到多少？」

「具體就不知道了。剛才已經說過了，楊二沒正經事，不是賭錢，就是吸毒，花姐也不願意借給他。最終能借得到，應該也是楊二軟磨硬泡弄來的；因此，應該也不會太多。」

「那鄉親們借錢，是不是也需要軟磨硬泡？」

「不需要。鄉親們，一般都是翻蓋房子，或者做生意。花姐是很爽快的。」

刑偵大隊的另一間審訊室屋裡。

警二問：「你認識楊二嗎？」

張貴道：「認識。」

「常來往嗎？」

「基本不來往。認識也是因為是同村的。」

「知道楊二販毒嗎？」

「販毒？不知道，只知道楊二吸毒。正因為楊二吸毒，所以我和張富才都躲著他。」

「花魁與楊二有來往嗎？」

「花姐也不願與楊二有來往，可楊二有時纏著花姐借錢。」

「那麼，花魁每次都會借給他嗎？」

「具體的，我不清楚。」

「有沒有可能，花魁跟楊二一起販毒呢？」

「絕對沒有可能。你真的是太不了解花姐了。花姐，是很清高的。做這行，也是沒辦法。何況，花姐她也不缺錢。我和我哥，都是包吃包住，每月還給 2 萬零花錢。花姐，還常給我們買衣服。」

「不缺錢和做生意是兩回事。」

「是兩回事。可，想帶著花姐做正規的、上檔次的、大生意的人，有得是。花姐有必要鋌而走險、有必要販毒嗎？」

「花魁曾一次借給楊二 20 萬，你知道不知道這件事？」

「不可能。所有的加在一起 20 萬，那還差不多。你想，明知楊二又賭錢、又吸毒，怎麼可能一次就借給他 20 萬呢？這不成了鼓勵他賭錢、吸毒了嗎？」

　　又是一間審訊室屋裡。
　　警花問：「你接觸過毒品嗎？」
　　珊姐道：「沒有。」
　　「天上人間提供毒品嗎？」
　　「不提供。」
　　「花魁接觸過毒品嗎？」
　　「也沒有。」
　　「你怎麼這麼肯定？」
　　「憑我對她的了解。」
　　「會不會花魁接觸過毒品，而你不知道呢？」
　　「也不可能，花魁是最反感毒品的。」
　　「舉例說明。」
　　「客人如果是吸過毒來天上人間、來找她，花魁是不接待的，給多少錢都不接待。」
　　「會不會有人悄悄地在天上人間販賣毒品呢？」
　　「也不可能，我們是有規章制度的。」
　　「如果是客人自帶的呢？」
　　「那就要看什麼情況了。如果是客人自己偷偷吸食，我們也看不到。如果是有客人出售，只要聽說了，就會立即請出去。而且，會被列為不受歡迎的人。」
　　「聽說過楊二這個人嗎？」
　　「知道，花魁的同村人。他來找過花魁，但絕對不可能允許他在天上人間吸食毒品。」
　　「那楊二販毒，你是知道的？」
　　「不知道。楊二不是天上人間的客人，也很少來。」

「花魁有沒有可能出資讓楊二販毒呢？」

「絕對沒有這種可能。」

「為什麼？」

「你知道花魁第一單的小費是多少？400 萬，外加一輛跑車。你說她有必要販毒嗎？」

塵埃落定。邢隊的材料，已全部整理清楚了。

邢隊謀殺天上人間之花魁的罪名成立，事實清楚，罪證俱在，證據鏈完整、一致。且，其本人也供認不諱。

材料逐級上報後，移交到了檢察院，再由檢察院起訴。

也正如珊姐的猜測，因案情重大，且涉密，邢隊的案子由異地處置，且不公開審理。

其實，公開不公開都一樣、都是死罪。因其他都還好說，唯殺人這一項，是很難通融的。何況，如今也沒人肯出頭、為邢隊說話了。

判決很快就出來了，死刑，沒有延緩期。

邢隊不服，上訴。

上一級審查機關，將材料又重新梳理了一邊，有的證據也重新作了取證，但，基本事實無法推翻，因此，就只能維持原判。

奮戰了一晝夜。

凌晨，在片刻的寧靜之中，邢隊睡著了，班長睡著了，小李也睡著了。陣地上的戰友，竟然全都睡著了。

突然，不知被什麼一驚，邢隊醒了；向陣地外看去，趁著晨霧，敵人黑壓壓的一片，正弓著腰、從四面八方向高地摸來。

邢隊驚呼：「班長，敵人上來了！」

班長看了看，道：「小李、小邢，聽我命令，立即撤回貓耳洞，請求炮火支援。」

聽到命令，邢隊掉頭就跑。

剛跑進貓耳洞，回頭一看，敵人已先開炮了。

只見火光一閃，班長的身子被炸成了兩截，飛到了半空中。

陣地上，一片火海。

「轟──」的又一聲巨響，邢隊就啥也不知道了。

待到有知覺時，邢隊感到一塊濕濕的東西沾在臉上，他本能地伸手去拿掉；「哇──」，劇痛，邢隊這才意識到，那濕濕的東西，竟是自己的一顆眼珠子。

來不及多想，邢隊將眼球塞回眼窩裡去。邢隊發現，自己已被一塊巨大的石頭堵在了貓耳洞裡。

洞外的敵人，越聚越多。顯然，他們並沒有發現洞口。

叫了幾聲小李，都沒有聽到回聲。無意中低頭一看，這才發現：小李早已倒在了自己的腳下，那塊堵住貓耳洞洞口的巨石，正壓在小李的頭上。

貓耳洞口外面的陣地上，敵人已經在揮舞著手中的槍，歡呼勝利了；黑壓壓的一片，起碼有好幾十個。

邢隊想都沒想，抓起小李的報話機，向排長喊話：「排長、排長，我是邢隊、我是邢隊，高地已被敵人占領、高地已被敵人占領，請求炮火支援、請求炮火支援！請求用炮火覆蓋陣地、請求用炮火覆蓋陣地。為了勝利，請向我開炮、向我開炮！為了勝利⋯⋯」

多年以後。慢鏡頭，極慢速的拍攝。

一顆炮彈，向邢隊飛過來。

邢隊在前面跑，炮彈在後面追。邢隊向左躲，炮彈向左追；邢隊向右閃，炮彈向右追⋯⋯

邢隊，拼命地左躲、右閃；炮彈，拼命地左追、右追⋯⋯

怎麼也擺脫不了，怎麼也擺脫不了、怎麼也⋯⋯

在掙扎中，邢隊醒了過來。

睜開眼睛，向四周看了看，是在牢房裡。

原來，這是一場夢。

數月之後，邢隊就要被依法執行注射死了。

笨哥被派去監督執行。

臨刑之前，笨哥問邢隊：「還有什麼要求嗎？見見你的父母？」

邢隊搖了搖頭。

「已經請來了，就在外面。」

邢隊又搖了搖頭。

「請他們進來吧？」

邢隊道：「不必了。」

「那見見你的兒子？」

邢隊也搖了搖頭。

「已經帶來了，也就在外面。」

邢隊還是搖了搖頭。

「讓他進來吧，他可想你了。」

「不必了。」邢隊道。

「那，要不要見見大美女？」

邢隊依舊搖了搖頭。

「帶來了，還是特准的。」

邢隊仍然搖著頭。

「她想見你。」

邢隊道：「不必了。」

「沒什麼其他的要求嗎？」笨哥問。

「我想見警花。」邢隊道。

「她不願意。」

邢隊問：「是你替她回答嗎？」

「不是的。在來之前，我專門問過她。」

「那就沒有任何牽掛了。」

「准備上路？」

「唉──」邢隊長歎了一聲。

「還有什麼遺憾？」

「不是遺憾。」

「那是什麼？」

邢隊道：「早知這樣，那就該在『向我開炮』中，被自己人的炮彈一炮打死，那也算個英雄。」

「不是算個英雄，而是你早已是英雄。但，現在卻又成了罪犯。」

「我知道。啥也不說了，上路吧。」

邢隊，接受了注射死。

最後的時刻，他很平靜，非常的平靜。

據說，在等待執行死刑的日子裡，邢隊也後悔過，很後悔。

他後悔，當初沒有聽進「綠帽理論」，向社會低頭。當然，或許早一些與大美女離婚，就什麼也不會發生了。

其實，他原本是可以抓住大美女的把柄，也是可以提出離婚的；這些，對於他來說，並不難。

如果早一些決斷，或許，他真的可以與警花永遠相伴、慢慢變老；因為，警花真的太好了，幾乎沒有啥要求。

然而，他相信了自己的能力，以為自己可以給警花一個別人都很羨慕的生活。

最不該的，是他把所有的經歷與經驗，都用在了算計上，以為自己可以設計出一套兩全其美的方案。

然而，他唯獨沒有去想，自己無權算計他人的生命。

一個執行社會規則的人，卻處心積慮地想玩弄規則；最終，卻還是被規則懲罰了。

一年之後。

　　笨哥早已被正式任命為京城市局刑警大隊的大隊長，正帶領著警花等戰鬥在京城刑偵工作的第一線。

　　笨哥上任之後，勵精圖治，使京城及天上人間，都再也沒有發生過花魁之死一類的案子。

　　一年之後。

　　花魁早已火化，笨哥將她的骨灰送回了茶花村。

　　在花魁長大的地方，在看得見太湖的小方山上，選了個陽坡，買下了塊地，與花媽一起安葬了花魁。

　　墓前，還立了塊碑，碑上寫著八個大字：天上人間花魁之墓。

　　一年之後。

　　教授的「綠帽理論」編成了書，且還出版了。為此，他的副教授職稱也晉升成了正教授。如今，他已是這方面的專家。

　　一年之後。

　　大美女也早已被降級、勸退了。如今退休在家，愛上了廣場舞。據說，有好幾個老頭正在追求她。

　　一年之後。

　　三少也早已去了美國留學。自然，不是直接進大學讀學位，而是先去補習美式英語。

　　紅歌與高音，也沒有了矛盾。現今親密無間，如膠似漆，一分鍾也不能分離。自然，紅歌也不再遛鳥。

　　一年之後。

　　遛鳥的也改邪歸正。雖然還遛鳥，但已不再搞傳聞。

　　的哥也考上了國家公務員。據說，領導正在培養他成為環保處的處長，將來要做社會棟梁。

　　一年之後。

　　張富、張貴如願以償，去了深圳當男模、走T台。

　　一年之後。

　　刀疤和小景等，也早已歸隊，回到了市局刑警大隊；如今，已是笨哥手下的得力幹將。

一年之後。

皮夾克，就是那偷兒、毒販、欲頂包，竟也死了，不是摔跤死，而是喝稀飯死。

閃回。

晚上 7 點多，皮夾克一邊喝著稀飯，一邊看著電視；突然，昏厥了過去，倒在地上。獄警也來叫過他，可他就是不肯醒。

沒有辦法。9 點多鐘，趕緊把他送到醫院。醫生一檢查，說是已經死了，早在一個多小時之前就已經死亡。

多年以後。

警花結婚了，終於被小景追到手了；而且，警花還很快就生了個大胖小子。

這小子，一生下來就會叫「爸爸」。不過，他只是叫警花。

多年以後。

珊姐去了京城電視台，在那裡當上了著名主持人，主持一檔相親類節目，張羅男歡女愛、加油戀愛。

自然，花魁當年的小夥伴們，也大多都散了。天上人間，早已換了好幾茬美女。

多年以後。

作家還是作家。不過，據說一部關於花魁之死的小說快要出版了。

多年以後。

富商依舊在美國。不過，他因爆料而官司纏身。但，他也確實是個特殊材料做成的；那麼多的官司，可從未有聽說他賠錢。

但，女秘書已與富商反目。

很多當年的富粉們，也都跟富商反目了。

多年以後。

台少婦也早已經回到了台灣。

至於她是不是台灣軍方情治部門的人，也沒有人再關心了。

多年以後。

院士死了，朝陽大爺死了，西城大媽死了，初中生則早已考上了北大。

陳市退休了，局長退休了，趙處退休了，紀委的也退休了，那M國大使也早已回家了。

王秘不知去向，王司也不知去向，王司的老鄉更不知去向。

小三不知去向，型男不知去向，很多人都不知去向了，連天上人間的老板也都不知去向了。

多年以後。

邢隊當年的獄友終於出獄了，帶出了一部邢隊親筆撰寫的手稿。

手稿否定了當年坊間的傳說。

獄友說，邢隊在等死的日子裡，沒有後悔，既沒後悔認識大美女、跟大美女結婚，也沒有後悔沒早些跟大美女離婚等等，而是後悔當初算計不周。

邢隊在手稿的前言裡，明明白白地寫著——

最大的後悔，是算計不周。一、悔不該當初設計花魁之死。因不設計花魁之死，亦可壞王副的名聲、毀他仕途；設計不過是為壯大聲勢，而壯大聲勢的代價則是自毀前程，太不劃算。如果花魁不死，自己所做的一切就只不過是錯，而不是罪。至於王副死不死，無關緊要，原本也沒有打算要弄死他。二、悔不該聽信教授的屁話，設計什麼假兇手。因花魁之死查不出原委，假兇手之設計就是畫蛇添足；而如果查得出原委，假兇手之設計又屬多余。

如此之類的懊悔，邢隊寫了很多。

當年，獄友就是看到了這些，才佩服得五體投地，才非要尊邢隊為師、行三拜九叩之大禮；而邢隊，也因推辭不掉，才決定將手稿、一生之心血，傳給了這位獄友。

獄友得了真傳，自稱小諸葛；每年天壇廟會都去擺攤，替人算命、測字、看風水。

又過了很多年。

笨哥退休了，作家退休了，教授退休了，連刀疤、警花、小景、女警、警二、警三、警四、警五、警六、警七以及所長等等，也都快要退休了。

又過了很多年。

三少從美國留學回來了，帶回了一個博士頭銜。

不久，就被安排去當了副縣長。

又過了很多年。

張富、張貴也回到了京城。不過，他們做男模不太成功，據說如今在一家酒店當門童。

又過了很多年。

陳市死了，局長死了，趙處死了，所長死了，輔警死了，紀委的、遛鳥的、大美女，也都死了。

空姐不知去向，外記不知去向，時評家不知去向，M 國大使不知去向，連當年曾經紅極一時的天上人間也不知去向了。

又過了很多年。

葉蓮娜還被關著，一直被關著。

E 國的外交部，從來沒有提到過她，更沒有要營救她的意思。

至於她如今是否後悔當初，就更沒有人知道了。

又過了很多年。

刀疤的兒子，考上了刑警學院，走進了他兒時的夢想、正在走向父輩的崗位。

閃回。

刀疤道：「兒子，爸爸回刑警大隊上班了，這總可以證明爸爸不是壞人了吧？」

兒子道：「爸爸，您不是壞人，您是真正的臥底、孤膽英雄！是全中國乃至全世界最偉大的爸爸之一。」

刀疤道：「那你不許學壞，要好好讀書，將來也當一名好警察。」

　　兒子道：「爸爸，您是好人，是媽媽忘恩負義。」

　　刀疤道：「兒子，不許你這麼說你媽，她也有她的難處。」

　　兒子道：「爸爸，那就我一心一意讀書。我發誓，長大了也要當一名警察、當一名臥底，像您一樣戰鬥在敵人的心髒。」

　　刀疤道：「還要像你邢伯伯那樣，要有『向我開炮』的精神。邢伯伯原來是好的，後來才學壞的。社會也有錯，不能全怪他。」

　　京城，市局家屬院內，一間寬敞的客廳裡。

　　笨哥靠在沙發上，又睡著了。

　　花魁，則在自己開的花店裡，像鮮花一樣綻放、美麗著。

　　花店的生意很好。顧客們既來買花，也來看人；因為，花魁是京城裡的大名人。

　　花魁的工作很忙碌，生活很充實……

　　快到花店打烊的時間了，笨哥開著輛車來接她；兩人關上門、鎖上鎖，正要離開花店。

　　突然，一縷青煙飄過，笨媽又出現了。

　　笨哥與花魁不知所措，笨媽卻已說話了：「我不管了。只要你們過得好，都可以。」

　　這一驚，笨哥醒了；揉揉眼，才知又是夢。

　　拿起手機，無意中觸碰到了自拍鍵，笨哥看到鏡頭中的自己，頭髮白了，胡子也白了。

　　突然，他想到了花媽，想到花媽的話「做人不能太得意」。

　　笨哥決定，立即、即刻、馬上就啟程，去看看花媽。自然，也要去看看花魁。

2019 年初春

國家圖書館出版品預行編目資料

天上人間花魁之死／顧曉軍著. 一初版. 一臺中
市：白象文化，2019.8
　　面；　公分
ISBN 978-986-358-841-2（平裝）

857.81　　　　　　　　　108008543

天上人間花魁之死

作　　者　顧曉軍
校　　對　顧粉團
專案主編　黃麗穎
出版編印　吳適意、林榮威、林孟侃、陳逸儒、黃麗穎
設計創意　張禮南、何佳諠
經銷推廣　李莉吟、莊博亞、劉育姍、李如玉
經紀企劃　張輝潭、洪怡欣、徐錦淳、黃姿虹
營運管理　林金郎、曾千熏
發 行 人　張輝潭
出版發行　白象文化事業有限公司
　　　　　412台中市大里區科技路1號8樓之2（台中軟體園區）
　　　　　出版專線：（04）2496-5995　　傳真：（04）2496-9901
　　　　　401台中市東區和平街228巷44號（經銷部）
　　　　　購書專線：（04）2220-8589　　傳真：（04）2220-8505
印　　刷　普羅文化股份有限公司
初版一刷　2019 年 8 月
二版一刷　2019 年 9 月
二版二刷　2020 年 6 月

定　　價　580 元